呑む・鬱《うつ》・喰らう

なす あつし

東京図書出版

呑む・鬱《うつ》・喰らう

目次

呑む　3
鬱《うつ》　28
喰らう　41
あとがき「千秋城下町　三の丸」　150

呑む

池袋庄助酒場

昭和五十年代後半の池袋の話だ。当時の池袋は都会の喧騒の中に身近な生活が交じり合う庶民的な街だった。池袋駅の北側にあった三業通りにはごく普通の八百屋や魚屋が並び、夕刻ともなれば裸電球のもとに近所の主婦たちが集まった。

その街で人達は自らの居場所を見つけて生活していた。

今から四十数年前、その池袋の場末に一軒の居酒屋があった。時代はバブル景気を迎える前、東京ドームが後楽園球場と呼ばれていた頃の話である。


池袋駅の北口に出て、伯爵という喫茶店を右に見ながら歓楽街の方へ歩いていくと少し先に飲む・打つ・遊ぶの三業通りの入り口があった。そこに構えた魚屋を通り過ぎ、左側に見えてくる歓楽街を眺めながらしばらく行くとロサ会館を越えたあたりでなにやら少し、街の様相が変わってくる。

薄暗い路地の電信柱には煙草をくゆらせ影のようにして立っている女性たちがいた。物欲しそうな男が通るとここぞとばかりに煙草をもみ消し、声をかける。疚《やま》しさや躊躇は微塵も感じられない。すれ違う男たちに一瞥をくれてはどこまでもしたたかに、時折舌打ちをしながら独り言を呟いた。

怪しげな店の前では、客引きの男女がコマセに集まる魚のようにして道行く人にとりつき、近づいて何やら耳元で囁いたかと思うとスーッと離れていく。すると今度は、別の暗がりからまた違う客引きが現れる。一言二言交わしたかと思うと、客は吸い込まれるようにして夜のとばりへと消えていった。

この界隈に集う人影は男女を問わず忍びのようにして声を潜め、肩をすぼめて歩いているのだが、目的地に着くとためらうことなくドアを開け、影だけを残し霞がかったライトの向こう側へ沈んでいった。

時折聞こえてくる女性の甲高い笑い声や室外機のうねり、ドアをあける音に漏れてくる音楽、窓を閉める音や、風に運ばれてくるバイクの騒音、様々に入り混じったその音たちはやがて一つにまとまり、通奏低音にも似た深く静かに繰り返すざわめきとなってそのエリアを包み込んだ。それは歓楽街とは別物の、秋に実る果実ほど明快ではないが、樹下にひっそりと開く一塊の舞茸のような喜びに溢れていて、そこには街の喧騒とは程遠い隠微でしっとりと濡れた心地よいお湿りが漂っていた。陰のようで陽であり、見た目とは異なる、彼らにしか伝わらない楽しみがそこにある。おおらかで不屈な彼らは、もう一つの池袋の彩りとして毎晩そこに開花した。

その路地の一帯を通り抜けるといよいよ繁華街の賑わいは途絶え、錆で朽ちかけた街燈が時折蛍のように点滅しながらまだらな光を放っている。やがて暗がりのその向こう側に照明を当てられたようにして白くくり抜かれた場所が現れる。よく見ると軒先にポツンとオレンジの提灯がぶら下がる。池袋の場末に構えたその店の名前は庄助酒場といった。

コの字に囲ったカウンターの中央には盥《たらい》ほどもある大鍋が据えられ、沸々と煮込まれたホルモンが客を待ち構える。黒ずんだ茶色の焦げが鍋の周りに幾重にも貼りつき、この鍋を洗ったのはいつの頃だろうと首をかしげたくなるほど年季が入っている。毎日大鍋の片隅にホルモンが継ぎ足され、そこに豆腐とネギが加わる。看板メニューのそれは味とボリュームが人気で、庶民的で安価な品ぞろえという事もあり店は繁盛していた。

日が落ちる頃にはいつも満席に近い状態だった。一日の仕事を終えた客は、庄助で軽く一杯ひっかけていこうと店を訪れる。常連と顔を合わせ会話を楽しみ、そこまでを日課と捉えているのか長居することなくそれぞれの帰宅時間に合わせて家路についた。

人の出入りがそのような按配なので、来客は頻繁だが入りきれないほどの満席になることはない。そもそも混み合えばスペースを詰め、丸椅子ひとつが挟まればそれがその客の指定席になる。夏場は引き戸を開放してビールケースを逆さに置けばそれがそのまま屋台となった。

加えて店の開店時間が早かったせいもあり、歓楽街が賑わう前の一件目と決めていた客も大勢いた。お目当ての店の開店時間が近くなると、テンションを上げた彼らは勢いそのままにそそくさと街へ繰り出していった。腰を落ち着けて飲んでいる客は決まって巨人ファンだ。帰りたくとも帰れないシーソーゲームの時は必ずそんな客が数人いた。テレビ中継はそんな彼らの心を鷲掴みにしたまま球場へと導き、その声援を夏の夜風に乗せて後楽園球場へと届けた。

その頃の庄助には様々な客が訪れた。池袋署の刑事もいれば、駆け出しの役者や芸人もいた。近くには寄席や小さな劇場があった。皆、一人でふらりと現れては静かに飲んで夜の街へ消えていった。

「マスター久しぶり!」

引き戸を開けて顔を出した男性がいた。店内を見渡し混雑具合を確認したのか、

「また来るよ」と、立ち去ったその顔に見覚えがあった。マスターに尋ねたら「物まねの団しん也、だよ」と教えてくれた。「へー」と驚く私の顔を見て、「まだ売れる前だったけど女優の渡辺えり子もよく訪れて、そこのカウンターの隅で飲んでいたんだぞ」と自慢げに話してくれた。

一度、やくざ映画の『仁義なき戦い』に出演していた役者さんが来店していたことがあった。もちろん客としてである。プロレスラーのような大柄な体型にスキンヘッド。その容姿はどう見ても異様だし、横目でチラチラと盗み見をすると確かにあの映画に出ていた本人だと知ることができた。落ち着いた柄のブレザーを着て連れの人と静かに飲んでいた。あとでマスターに訊いたら大前さんという役者さんだった。

庄助はそんな店だった。

その常連の中に、義（ヨシ）さんと辰（タツ）さんがいた。皆からはよっちゃん、たっちゃんの愛称で呼ばれていた。本名は知らない。それを尋ねる人もいなかった。さすがに二回り近く年下の私はさん付けで呼んでいたが、一度だけチャン付けで呼んだことがあった。二人は意に介すことなく普通に接してくれたが、マスターからはチャン付けなど十年早い、わきまえろと叱られた。それ以来常連さんに対しては皆、さん付けで呼ぶことにした。二十歳そこそこの私が店では一番若かった。

義さんは池袋の東口でパチプロとして暮らしていた。辰さんはいつもこざっぱりとしたいでたちで現れたが、その生業はわからずじまいだった。ただ二人とも少なからずその筋の、裏社会に関係があることは雰囲気でわかっていた。しかし誰もがそれを気に留めることなく、常連の一人として普通に接していた。


ある日の金曜日、二人が競馬新聞を広げながら明日のレースの予想をしていた。その日、パチンコを早々に切り上げた義さんは戸田にある競艇場へ出かけたようだ。結果は上々だったらしく競馬の予想も鼻息が荒かった。メインレースの調教欄を指さし、

「明日は菅原が乗るこの馬だ」と断言していた。それに対して辰さんは、

「いや、来るのは蛯沢が乗るこの馬だ」と一歩も譲らない。しまいには隣で飲んでいた私に話しかけてきた。義さん曰く、

「ほら、調教は本番で騎乗する菅原が乗っている。しかも二週にわたっての調教だ。さらにいいのは二週ともほぼ同じ走破タイムだ。叩き三走目、まさに絶好調と言える。明日は早め先行で菅原が勝ち切るから見ててみな」

そう話すとビールを飲み干し、お代わりをした。すると今度は辰さんが割って入る。お

猪口の日本酒を空にして、

「ところがだ」と、別の出走馬を指さして切り返す。

「今回蛯沢に乗り替わるこの馬の厩舎は成宮厩舎。ここがミソだ。前回一番人気に推されながら七着に敗れている。若いジョッキーを乗せ、いつも通りの差す競馬を控えさせ四コーナー手前まで逃げさせた。一番人気だから下手な負け方も出来ない。さりとてそれをカムフラージュする技術もない若手ジョッキーだ。道悪という事もあり馬場のいいところを走らせ四コーナーでその日の仕事を終わらせた。いい調教になったろう、そして今回だ。主戦騎手の蛯沢を屋根にし、勝負がかりは見え見えだ。それに」

と一度言葉を遮り、意味深に付け加えた。

「彼らにはいろいろな事情も絡んでいる」

「辰ちゃんは考えすぎだよ、走るのは馬なんだから」

イカゲソを頬張りながら義さんが割りばしで競馬新聞をなぞる。ならばその二頭の枠で勝負をすればよさそうなものだが勝ち負けの話である。どちらにもプライドがあり何よりメンツの問題だ。結局は平行線のまま話は尽きない。その後二人はまた、今日の競艇の話で盛り上がっていた。懐が暖かい義さんは上機嫌で、辰さんのお代わりを頼む。

「マスター、辰ちゃんにお銚子もう一本、ちゃんと俺に付けといてよ」

「あいよ」

マスターはいつものぬる燗を辰さんに渡し、含み笑いを浮かべながら、

「奈須君よ（筆者）、こんな親父どもに騙されちゃだめだぞ」

「毎度のことだから」

自分も二人を見ながら笑ってそう答えた。

「何言ってんだいマスター」出た、義さんのいつもの口癖だ。

「アツシよ、明日はそれで決まりだから馬券を当てて彼女に美味いもんでも食わせてやんな」

「そうだな、俺とよっちゃんの馬を買っておけば鉄板だ」

威勢よく義さんが吠えれば、盃を口に運びながら落ち着いた口調で辰さんも呟く。

先ほどのやり取りは数本のぬる燗で折り合いがついたらしい。

実際そのレースの人気は割れていた。連勝中の岡部が一番人気で、話題の二頭は枠連で十二倍の予想オッズだ。三千円買って安く見積もっても三万円にはなる。給料前に悪くない話だ。いい話を聞いた。そんな矢先にタモさんが現れた。今日ここで飲む約束をしていた友人で、私の先輩でもある。

「こんばんは、相変わらず賑やかですね」

と笑顔でマスターに挨拶を交わし、詰めてもらったわずかなスペースに腰を落ち着けた。義さんたちとの競馬の話はそれきりとなり話題はそこで途切れた。しばらくしてギャンブラー二人はどこかへ消えた。そこで先ほどの話をタモさんに教える。

「そんな話を聞かされると誰だってその気になるだろう」

「ああ、でも俺は競馬はやらないから」

と、いま一つ話に乗ってこない。そして、

「まあこれも縁だと思ってやってみれば」

とそっけなく話した。もともとタモさんの趣味は麻雀だ。結局、いつもの他愛のない話をしながらホルモン豆腐をつついてお開きの時間となった。

別れ際に、また少し最初の話に戻り、週が明けた月曜日に再会することにした。

「おごるから」

「ああ、期待しないで待ってるよ」そう話して別れた。

部屋に帰り同棲していた彼女にそのことを話し、倍にして返すからと五千円を借りた。小銭交じりのお金はその日彼女が持ち合わせていた全財産に等しく、翌日二人で近所の質屋へ出かけることになった。質屋を訪れるのはその時で二度目だ。

一度目はよく晴れた日曜日だった。どこかへ遊びに行こうにもお金がなく、じゃあ以前庄助で耳にした質屋とやらに行ってみようと軽いノリで出かけることになった。質草なるものが必要と聞いていたので彼女に話すと、卒業祝いに親からもらった時計があるからと、腕からそれを外し濡れた布巾で丁寧に拭いてハンカチにくるんだ。地味な看板を掲げた路地を入り、店のドアを開けると窓口に眼鏡をかけた初老の男性が座っていた。初めての経験に、とりあえず持参した時計を差し出した。

緊張と好奇心で、何を言われるかと二人とも胸が高鳴る。

「おいくらのご用立て」と尋ねられ「三千円」と答えた時の私の口の中はすっかりと乾きっていて、そこから先の事はよく覚えていない。導かれるようにして、彼女が身分証明書となりうる何かを見せ書類に記載しそのお金を手にした。店を出た時、互いにスイッチが切り替わったようにして池袋の街へ繰り出したのを憶えている。

しかし、二度目の今回は特別な緊張もなければ羞恥心もなかった。一度経験した流れで、前回と同じ質草を持ち普通に三千円を借りて当たり前のようにして店の前でわかれた。

昨日の小銭は彼女に戻し、ピン札と合わせて五千円を手にして後楽園の場外馬券場へ向かう。

「ちゃんと稼いできてね」

さすがに多少の後ろめたさとプレッシャーを感じたが、後楽園に着いたらそんなものはどっかへ消し飛んだ。


そして迎えた月曜日。


「どうだった、先日の競馬？」タモさんが開口一番尋ねてきた。

まあ、順序だてて話すからと二人でカウンターに座った。

「翌日五千円を握りしめ、競馬新聞片手に後楽園へ向かった。これがまずかった、黙って三千円だけ持つべきだった」

「なんでまた、後楽園がだめなら新宿でも新橋でも行けばよかったろうに」

「いやあ、場所とかじゃなくて……新聞を手にしたとたんに、軍資金を増やそうといきなり八レースに手を出した。黙ってメインレースだけを買って帰ればいいものを、そもそも買うレースと馬が決まっているのに新聞などいらないはずだった」

「おいおい、それってちょっとヤバイ展開か？」

ビールを注いでくれるタモさんの声を無視するように、

「一五〇〇円を固いところに掛けた。ケイシュウの大川が自信のレースとか書いていたから」

「なんだよー、それ」

「ついスケベ心で魔が差して。そしたら中島が大逃げを決めて結局は前残りで穴馬券」

「だろう、やっぱり……。でも聞いた名前だな、大逃げの中島だっけ、いたね、そんな騎手。で、どうした」

「大丈夫、黙って聞いて、話はまだ始まったばかりだから」

注がれたビールを口にしながら、

「最悪二千円をメインレースに賭ければよいと、さらに、あと千円を九レースにつぎ込んだ。これは多頭数で人気が割れている。絶好の穴レースとばかりにゾロ目も含め二〇〇円ずつ五点、どれが来ても高配当だ」

と話し、今度はマジシャンがプレーの最後に見せるような余裕の笑顔でタモさんの顔色をうかがった。話に膨らみを持たせ、少しでもタモさんに期待を持たせるように、と思ったのだが、

「どうせダメだったんだろ」

マスターが目の前に現れ、ホルモン豆腐を手渡してきた。

絶妙のタイミングで話の腰を折られた私は、

「そうだよ！　そのレースはね、でもまだメインレースが残ってるよ」

やけ気味に笑いながらも最終的な結果は明かさないままそれを受け取った。

「でもね、不思議なもので人気が割れているレースって一－八の目がよく来る。その時もそうだった。一番人気の一枠を外していたから持ってた馬券は全滅だったけど、わからないレースは黙って一－八を買えって、前に辰さんが話していたのを思い出した」

「なんで一－八なんだよ」からかうようにマスターが訊き返す。

「一か八かだって」

「アハハハ、ダメだよ、たっちゃんの話なんかあてにしちゃ」

そう嬉しそうに言い残しマスターがその場を離れた。

「ダメだなー、そんなんじゃ当たらないよな」

なんだ、つまらない、とでも言いたげに苦笑いをしながら、呆れたようにしてグラスのビールを飲み干すタモさん。そして少し間をおき、

「でもさ、確かに……、慰めじゃないけどさ」

真面目な顔つきでグラスの一点を見つめながら、

「賭け事には少なからずそういうのってあるよな。理屈じゃないんだ。その時の見えない何か。空気だったり、熱だったり、気だったり……。確かに積もる牌を感じたり、振るサイコロの出目がわかったりする事がある」

手酌でビールをつぎながら、いつかの何かを思い出すようにして話した。タモさんも麻雀の腕前はセミプロといっていい。勝負勘は兼ね揃えている。

「で、その後はどうしたんだよ」

「一〇レースは見《ケン》で、メインの予想をした」

「えっ、あの馬券を買うんじゃなかったの」

「それは納得したらの話さ。このままじゃ終われないし、ここまで追い込まれたら後には引けない、自らの目で、買う馬を判断する。残った軍資金は二五〇〇円。パドックを回る二頭を見たが義さんお勧めの馬は確かに良かった。ただ、辰さんお勧めの蛯沢の馬に覇気が感じられない。先ほど穴をあけた中島の馬がよく見えた。一番人気の岡部の馬も良かったが多頭数での七枠でしかも追い込み馬だ。中島が乗る一枠の逃げ馬が鼻に立ち、三枠で内枠先行の菅原と一緒にレース展開をスローに落としたら……」

「岡部の馬は……とどかない？」

「そうなんだ、タモさんだってそう思う、そうなると二枠の蛇沢の差し馬も分が悪い。何より状態がさえない」

「で、もしかして話してた蛇沢の馬も消した？」

「もちろん、府中の一六〇〇メートル、腹を決めて購入した馬券は三枠の菅原から一枠の中島へ一五〇〇円、押さえで七枠の岡部へ一〇〇〇円。蛇沢は買わずに、代わりに中島を買った。中島が来れば二〇倍にはなる。三万円は固い。岡部が来ても元は取れる」

「それで？　どうなった、中島がきて三万円か？」

少しはその気になってきたのかこちらの顔をうかがいながら熱々の豆腐をほおばる。

「スタートが切られた。予想通り中島が逃げて菅原がそれを追う展開となった。岡部は後方で、蛇沢は中団後方の内側でジッと構えている。中島は後方集団を大きく引き離し予想通りの展開だ。それにつられるようにして菅原の馬も距離をとって二番手を追走する。こちらは心の中でそのまま、そのまま、と念仏のように唱えてた」

「で、念仏はどうなった？　……馬に届いたのか」

「三コーナーの中間あたりで先行した馬の一頭が中島の馬に競りかけていった。それにつられるように菅原の馬もついて行く。その辺りからレースの展開が変わった。案の定四コーナーを回って少しすると先行馬の脚色が落ちてきた。代わりに大外から岡部の馬が差してくる。まだ内でしぶとく粘る菅原の馬とかわされそうになる中島の逃げ馬、外から強襲する岡部と、一瞬ゴール版前が団子状態になったその時」

そこまで話してカウンターに届いたハイボールを口にした。……わざと。

「元は取れたか？　中島はもうだめか」

まあ、話は最後までと言いたげにおもむろに話し出す。

「団子状態となったその時だ、一瞬、狭い隙間を縫うようにして黒い帽子が頭一つ抜けたように見えた。掲示板は五着まで写真判定」

「接戦だ、で、結果は」

「手持ちの馬券は一－三と三－七。黒い帽子は二枠だ。言葉を失った。馬券が外れたことだけはわかった。そして一着が蛯沢だったことも確認できた。だから二着に菅原が残っていないことを願った。少しして頭、ハナ、ハナと記され掲示板に載った馬番は、蛯沢・菅原・岡部が乗った馬だった」

「はー、それはショックだ。最初の、聞いた通りの馬で決まったわけだ」

「一三倍の配当だった。つくづく自分が嫌になったさ。せめて半端の五〇〇〇円だけでも初志貫徹で押さえられなかったかと心底悔やんだね」

そこまで話すと、また当時の記憶が蘇る。

秋の日の向日葵のようにがっくりとこうべを垂れたまま氷で薄まったハイボールに手をのばした。

「やっちゃったな、へぼ勝負師の負けパターンだ。やる前から熱くなり、すべてが後付けになる。マイナスから始まるからな、最初に手を出したレースの瞬間から白星のツキが黒星のツキに、オセロのように変わっていく。いわゆる裏目裏目の恨めしや、だな」

休日を挟んだ月曜日の庄助酒場はことのほかその賑わいを増す。二次会へのつなぎの客こそ少ないがいつもより少し遅い出足で常連たちが現れる。勤め人の週の始まりはどこも忙しい。それはパチプロも同じと見えて、六時半過ぎに義さんが意気揚々と現れた。その後ろには連れ合いの、満面に笑みを浮かべた辰さん。

座席が私の席から少し離れたところで安堵した。が、早速声をかけられた。

「よう、アツシ、どうだった、俺たちの言ったとおりだったろ」

「有り難うございました。いい勉強になりました」

と腰を浮かせ義さんに一礼をした。

「奈須君はね、俺の言うことをちゃんと聞いて、騙されないように別の馬を買ったんだってさ」

マスターが楽しそうに笑いながらそう話し、二人にお通しを渡す。

「なにやってんだい、相変わらずバカだな、おまえは、でいくらやられたんだよ」

「……五千円、他のレースにも手を出して」

「なーんだよ、それ。たっちゃんも言ってやんなよ、もう競馬はやめろって。うちらは二人とも一〇万越えだよ、なあ、たっちゃん」

辰さんは破顔一笑で頷き、

「マスター、そこの可哀そうな二人に生ビールを出してやって。俺に付けといてくれればいいから」

そう言いながら、手にした一杯目の生ビールをこちらの方へ軽く掲げた。

「俺は単勝も取れたから」

さりげなくそう話す辰さんはやはりただものではなかった。


ある程度時間が経つと櫛の歯が欠けたようにしてまばらになる店内だが、それでも入れ代わり立ち代わり客が出入りしその度に常連たちが席を詰め会話が弾んでいく。

タモさんは電車の時間だと言ってギャンブラー二人にお礼を述べて先に家路についた。

そんな折、正面の引き戸が開きハンチング帽をかぶった原田さんが現れた。

「お勤めご苦労様です」

目ざとくそれを見た義さんは、相変わらずの大声で陽気に声をかける。隣で辰さんも片手をあげ軽く会釈をし、他の常連も原田さんを確認する。

原田さんはそんな二人を一瞥しながら軽く右手を掲げ、店内の中央に置かれたテレビの真正面に腰を据えた。不愛想というわけではないが、この二人にはいちいち挨拶を交わさない。いつものことだ。

「ご苦労さんです。今日は平和だったかい？」

労をねぎらうようにしてマスターからお通しと熱燗が渡される。一日の仕事から解放され、やっと口元がほころぶ原田さんは定年間近い池袋署の刑事だ。隣に座る常連の寺さんと軽く盃を合わせ楽しそうに歌謡番組を見始めた。二人のギャンブラーとは違い、物静かに杯を重ねる長老たちだ。寺さんは自営業をしていたと記憶する。中々の博学で私とは親子以上に歳が離れていたが、隣り合わせになっても話題に事欠くことはなかった。名前も住所も生業も定かではない、寺田という苗字しかわからないそんな間柄だったが寺さんからは様々なことを教わったし、聞けばなんでも答えてくれた。質屋の話もそうだった。大事な話や相手に伝えたいことの肝の部分は、自らの失敗談を通じて話してくれる。そんな時はいつも「アッシ、俺ももう歳だ。この通りすっかり酔っぱらっちまった」と禿げ上がった頭をなでながら照れていた。何より聞き上手で、若い私の意見に耳を傾けてくれたのが嬉しかった。

気が付けばカウンターのあちらこちらに常連の顔が並ぶ。マスターとは趣味が合う船田さん。名前のとおり自前の釣り船を持ち、ゴールデンウイークには店の常連と連れだって船を出し東京湾まで潮干狩りに出かけた。荒川の美女木あたりから東京湾に着くまでのしばらくの時間は酒を飲みながらの川下りと洒落込む。普段は眺めることのできない東京の街並みが印象的だった。海のど真ん中に船を停船させ何をするのだろうと見ているとたちまちその一帯の潮がひき広大な砂場が現れた。四方は海である。不思議な感覚の中でアサリを採ったのを憶えている。走る船に突然ボラが飛び込んでくるというハプニングもあったりして庄助酒場の贅沢な遠足だった。帰りには荒川の上流で船田さんが投網を打った。マスターも二度三度挑戦したような気がする。結果は憶えてはいないが、久しぶりに自然を満喫できたその日、アサリや青柳を手にした全員が楽しかった一日を振り返りながら家路についた。それは今でも私の良い想い出となって記憶に残っている。

店のマスターは狩猟が趣味で、群馬まで幾度となく車を走らせた。

仕事を終えた深夜に、ビーという愛犬を引き連れ関越自動車道を飛ばし、明け方まで現地で仮眠をとり早朝に獲物を狙う。時々仕留めたキジや山鳩を持ち帰り、客に振る舞ってくれた。この店で初めてキジの刺身をいただいた。ショウガを載せ醤油でいただいた。さ身のような色合いでひんやりとした舌触りだった。特に変わった匂いもなく、舌に載った際のなめらかさと、嚙んだ後に僅かに残る肉の甘みを感じ取ることができた。あとから伝わるあっさりとした生姜の風味が旨味となってすーっとのど元から胃袋へ滑り落ちていった。店のメニューには無いとてもエレガントで贅沢な逸品だった。狩猟先が群馬だったのはママさん（奥さん）の出身地だったこともある。

最年長の常連はホウさんだ。勤め帰りに必ず立ち寄りきっちり日本酒二本を飲んで帰る。文字通りの好々爺で、いつも店の喧騒に溶け込むようにしてそこにいる。いつ現れていつ帰るのかわからぬまま常に穏やかな笑顔を浮かべ、潮干狩りの時は船上で、酔いに任せた手拍子付きの唄を披露してくれた。時に食い入るようにしてジャイアンツを応援しながらお酒を楽しんでいた。テレビが何よりの酒のアテだった。池袋近くの東上線沿線に住んでいるということ以外、誰も詳細はわからなかった。いつの間にやら先ほどから寺さんと原田さんと三人で歌謡番組を楽しんでいる。

七時半をまわると若手の秀《シュウ》さんが現れた。若いと言っても三十歳は過ぎている。秀ちゃんと呼ばれていた。同棲している純《ジュン》さんを店に送った後に、時々庄助へ顔を出していた。義さんの仲間だ。常連と簡単な挨拶を交わしたあと、並びで座っていた辰さんの隣を少し

空けてもらいそこへ腰を落ち着けた。どうやら三人で祝杯をあげる約束をしていたようだ。開口一番、

「来る途中たった今、西口の銀行前でガッツ石松を見かけたよ」

と、賑やかに話し始めた。

「今日は、俺とたっちゃんが銀行代わりだ、遠慮はいらねえからジャンジャンやれよ」

益々メートルが上がる義さんは、秀さんに土曜日に行われた競馬のあらましをひととおり説明し、自分の相馬眼と辰さんの情報通を周りのみんなに聞こえるように話していた。そして何やら耳にしてはならないような話を交えながら近況報告を伝え合いその後、声を殺すようにして話し込んだ三人は、「フフフ」と意味ありげな笑みを浮かべ互いに目配せをしながらカウンターを後にした。席の向こう側には池袋の刑事《デカ》（原田さん）がいるのにこの三人はお構いなしだ。

そういえばいつか店で義さんが話していた。

「以前この店で、ロマンス通りで原田さんを見かけて、手を振って挨拶したら全然無視された、そりゃあ立場もあるだろうけど少し冷たすぎるんじゃない、って冗談半分に話したら『当たり前だろ、張り込み中にそんなことに付き合えるか』って叱られた」と。

あの頃の庄助酒場は、黄昏時ともなればどこからともなく橙色の灯を求め人が集まった。コの字のカウンターに合わせるようにして道沿いの二方が硝子戸の入り口になっていた。客はその引き戸を開け、空いている席にポツンと座り厨房の上に据えたテレビに見入る。やがて常連が集まり、軽く会釈を交わしながら隙間を埋めていく。相手の名前などわからなくとも愛称だけで会話は成立する。生業も身分も関係ない。それらを脱ぎ捨て暖簾をくぐる。今日一日ですっかりくたびれはて、縮んで皺だらけになってしまった心と身体に、それぞれがアイロンでもかけるようにアルコールを注いでいた。

夏場はその引き戸が解放され、遅い時刻の黄昏時ともなればどの入り口にもビアガーデンさながらに様々な客の背中が並んだ。賑わいの中で目だけはしっかりとテレビ画面を追いながら、肩を寄せ合うようにして相撲や競馬、芸能にプロ野球の話で盛り上がった。人づてに聞いたレースの結果や、ニュースで見る貴乃花や寺尾の大相撲、ナイター中継のジャイアンツ戦、その一喜一憂があたりに響いた。毎晩カウンターで繰り広げられる呑兵衛たちの会話は、網にかかった魚の群れのように新鮮で躍動感に溢れ、時折歓声を上げながら公園の噴水のように輝いては消えていった。博打や相撲、プロ野球など、客は皆、繰り広げられる数分間のドラマに身を置き夢を重ねた。愚痴や悩みやためらい事は酒と共に喉元の奥深くに流し込んだ。その一つ一つの混沌は、仲間どうし身近で心の通う内容だから、互いにうわべだけを聞き流し、核心はそれぞれが自身の心の中で慮《おもんぱか》った。やがてそれはかみ砕かれた言葉に置き換わり酒と共に溶解されていく。仲間の苦労には励ましの言葉をおくり、今ある幸せを語るときには昔あった苦労話を振り返る。涙をつきつめると笑いにかわり、笑いをつきつめるとやがて涙になっていく。最後には赤ら顔した笑顔で「この仲間が元気でいてくれればそれでいい」と、絡まった釣り糸のような呂律で言い残し家路についた。

今でも薄くスマートになった大型テレビを見ながら、時々あの十六インチのブラウン管テレビを思い出す。焼きトンの煙の向こう側で客の注目を一身に浴びていたそのテレビは、時代を映し出しながら我々をも見つめていた。できることならあのテレビにもう一度当時の自分たちを映し出してもらいたい。思わず声をかけてしまうような懐かしい顔が大勢映し出されるに違いない。あの時、どんな顔でどんな話をしていたのだろう。今では遠い過去の朦朧の中に漂うだけだが、当時は住人も街もあらゆる人達の存在を認め、分け隔てなく当たり前のようにして接していた。人達の心が寛容で、時間は時代の流れと共にゆっくりと過ぎていた。今になって振り返れば、私にとっての庄助酒場は大人への登竜門だった。その中でたくさんの人生を垣間見た。ヒトがヒトに対して丁寧で優しい時代だった。皆が等身大で生きていた。それぞれが抱えている悩みは多岐にわたっていただろうが、限られた情報の中で互いの心のかさぶたに寄り添うように杯を重ねた。その優しさはつつましく謙虚で、路傍に咲くアザミのように清廉《せいれん》なのだが、時にはそこに宿る小さなトゲが辛辣《しんらつ》を極めることもあった。やがて本音で語り合える心地よさに満ち足りると俯《うつむ》きかけた路傍の花たちは輝きを取り戻し安心したように杯を置き花弁を閉じた。

あれから四十数年、すっかり豹変してしまった現代社会に、庄助酒場の赤提灯が憧憬となって切なく蘇る。

夏の黄昏時ともなると、どこからか風鈴の音と共に後楽園球場の歓声が聞こえてくるような気がしてならないのだ。

２０２３年　了

鬱《うつ》

三度目の成人式

二〇一八年の七月に還暦を迎えた。その誕生日を機に会社を辞めることにした。定年退職である。ガラスメーカーの系列会社で、主にガラスの販売や新製品の普及を担当していた。二九年間の勤続年数だった。三一年前三〇歳の年に家族と共に埼玉から秋田の実家に戻ってきた。当時の秋田はまだバブルの名残があり、景気は悪くなかった。友人たちの力添えもありこの会社をお世話いただいた。一九八九年初期の頃である。

元々は池袋にある印刷会社へ勤めていた。昔から印刷業界は景気に左右されない業種といわれていた。それでもバブルの頃は不動産関連の印刷物やチラシを中心に、宝石や大手百貨店で扱っている高額の商品の広告などを手掛け、多岐にわたり活況だった。多数のデザイナーを抱え、企画からモデルの手配、商品のカメラ撮りなど、印刷物ができるまでの全てを総合的に扱っていた。その中で私は、チラシを作成する部署の工務部に所属していた。チラシ印刷の発注や、出来上がったチラシを所定の場所へ期日時間内までに納品する工程管理や製品管理、金額交渉などが私の業務だった。工程の途中では商品のプライス変更や写真の入れ替え、校正ミスなどの手直しが入り、いつもぎりぎりの納期となる。時間に追われる毎日だった。繁忙期ともなれば自宅に帰れない日が数日続くこともあった。そうでなくとも週に一、二度は会社へ泊まっていた。そのかいあって仕事振りと業績が評価され、若くして係長に昇進した。暫くたって、他社の印刷会社から声がかかり、その会社へ課長職で引き抜かれた。それほど広い業界でもないのでお世話になった会社にはきちんと仁義を切り、円満な退社となった。退職後もその会社から定期的に仕事を回してもらえる事になり、応援していただいた。ところが半年も過ぎた頃、移籍先のオーナー社長からさらに業績を上げてくれと、経験のないチラシ製作部門を任された。移籍を依頼してきた時の平身低頭な社長の姿はもうどこにもなかった。社長と一従業員の立場で、何の相談も無く鶴の一声で決められた事案だった。課長職としてのノルマは充分満たしていたが、そこで初めて社会の厳しさを思い知らされた。そして、やりなれない仕事とノルマ、時間に追われる毎日に耐え切れなくなり一九八八年三月二一日山手線目黒駅で、今で言うパニック障害を起こす。

六本木で打ち合わせをし、その内容を製販会社へ伝えに行く途中の出来事だった。急に手足が震えだし脂汗が出てきた。ざわざわと心が勝手に暴れだした。何かを叫びそうになった。何が起きたのかわからないまま、それを必死にこらえる自分がいた。我慢しきれず、走る電車から飛び降りそうな衝動に駆られた。それを懸命に阻止するもう一人の自分がいた。頭の中が、今抱えている不安でいっぱいになっていた。嵐の前の積乱雲のように次から次へと湧き上がってくる不安を、自分勝手にまた頭の中で増幅させ、さらに強い不安に塗り替えた。そして、それを制御できないでいる私を、そのパニックは容赦なく漆黒の闇へと引きずり込んでいった。車内で一人、心の深淵の中で放心状態となっていた。時間にすれば三分もしない出来事だった。目まぐるしく回転する不安の連鎖に耐え切れなくなり、呆然としながら停車した目黒駅に降りた。

そして、そこで鬱になった。

それも今だから言える事である。当時は自分がどうなってしまったのかわからぬまま強い不安に襲われていった。あのわずか数分で自分の世界が一変してしまった。日常の景色が無機質なモノクロの世界となり、色も音も、周りの景色もみんな何処かへ行ってしまった気がした。頭の中の全てが遮断されたようだった。何もやる気がわいてこない。あの突然のパニックに、いつまた襲われるかと思えば怖くて外にも出られない。そして抱えている不安は何一つ解決を見ていない。結局、程なくその会社を辞めることになった。

同時に電話帳であちらこちらの病院を探した。まずは今のこの状態が何なのかを知りたかった。自宅でゴロゴロと横になり、天気が良いのに寒気を感じるようなそんな毎日だった。精神科を探したが電話帳にあるそれは病院というよりは施設であり、こちらが具体的な病状を伝えるとそのような治療はここでは行われておりません、とどこも同じに断られた。隣町に内科精神科とうたった個人病院があったので、すがる思いでそこを訪れることにした。当時、私の家族は専業主婦の妻と、幼稚園に通う長男と三歳の次男の四人家族だった。突然起きた生活の変化に、妻も内心気が気ではなかったはずだ。幸い隣に妻の姉夫婦が住んでいた。だから精神的には多少なりとも助けられていたと思う。子供を姉さんに預かってもらい妻と二人でその病院へ向かった。

初老の男性医師から問診を受けた。聞かれたことにできるだけ丁寧に答えた。その時の状況も細かく説明した。診察が終わりいくつかの薬を処方してもらったが、結局は何の病気かはわからずじまいだった。それでも出された薬を言われたとおりに飲み続けた。しかし、いつになっても何一つ改善は見られなかった。相変わらず一人で出かけることも出来なければ、やる気も起きてこない。ずっとモノクロの世界のままだった。気晴らしにと、弟や家族と共に動物園へ出かけたこともあったが心はいつも別のところにあった。大好きだったゴルフにも連れていかれたが覇気もなければ声すら発せられない。抜け殻のような状態だった。状況はさらに悪化していた。その頃は洗濯物を干すロープを見て自殺を図る自分を想像し、自殺のニュースを見ては自分と重ね合わせ、その衝動にいつ駆られるのだろうと怯えるような、そんな毎日を過ごしていた。クラシックで流れるバイオリンの音が耳障りで嫌いだった。風呂に入った時の温度差に、急に緊張が走って湯船から飛び出たこともあった。頭の中はいつも自分で自分を制御することでいっぱいだった。

疲れていた。限界だった。

生活ができなくなる前に家族で秋田へ引き揚げることにした。両親の勧めだった。そして、今一度秋田の大学病院で診察してもらう事にした。その時もまだ自分は何の病気なのかわからないでいた。病院へ行く前の前の晩のことだった。私の母と妻が食器を洗いながら話している会話が、寝ていた私の寝床まで聞こえてきた。

「最初の病院で精神分裂症と診断されていたことは、まだ本人には伝えていないんです」

「でも明日はそこのところをもう少し詳しく先生に話して、治療法なり、私生活の在り方などを相談してみた方がいいわよ」

こんなやり取りだった。初めて病名を聞いて少なからずショックを覚えた。布団を出て台所へ行きこれまでの成り行きを尋ねた。二人は少し驚いた様子だったが、言葉を選ぶようにして今までのいきさつを話してくれた。私の知らないところで連絡を取り合っていたという。両親と妻との間で相談していたらしい。少しホッとした。こんな状況を妻一人に背負わせているという罪悪感があった。いきさつを聞いてほんの少しだが後ろめたさから解放された気がした。同時に自分の病状を知ることができ、とりあえず現在の立ち位置がわかったという事で気持ちが落ち着いた。しかしそれは東京ドームに裸電球が一つ灯った程度で蛍の灯のような、気休めにもならない出来事でしかない。ただ漆黒の闇の中にぼんやりと何かが灯ったのは事実である。毎朝、目覚めたと同時に始まるモヤッとした怠惰な感覚は、体も心も一瞬にして骨抜きにし、心の奥底へと引きずり込んでいく。兎にも角にも今のこのような生活から一刻も早く抜け出したいと強く思った。

翌日、大学病院の先生に診ていただいた。ベテランの先生らしくテンポよく様々なことを尋ねてきた。生い立ちから今までの全てを聞かれ、自分も丁寧に、詳しくそれに答えた。所々で、その時々の自分の心情も聞かれた。数十分かけた問診が終わり、最後に先生が話された言葉で救われた。

「あなたがよその病院で言われた病名であれば、物事に対してこんなに理路整然と説明などできません。極端なことを言えば、もしそのような患者さんであれば、自分が病気であることすら認識していません。あなたの病気は鬱病です。それもごく軽いものです。風邪にかかった程度ですね。ですが心の病というのは他の病気と違います。軽い風邪程度の病状だとしても治るにはかなりの時間がかかります。それに疲れやすくなる。だから慌てることなくマイペースでじっくりと構えてください。少しずつやれることを増やしていってください。それには規則正しい生活が一番です。朝起きて布団をたたむ。靴を揃える。そんな小さなところから一つずつ重ねていってください。そういう病気ですから」

目の前が明るくなった。思わず妻と顔を見合わせた。

「頑張らなくていいです。今のあなたの精神状態は、極めて細い糸のようで非常に敏感になっています。何かが起こるのを恐れてあらゆるものにびくびくしています。何をするにも自信がなく、気持ちはいつも、あの時の不安な発作がいつ現れるのか、それ一点に集中しています。不安な気持ちに駆られ、見えないものを見ようとし、聴こえないものを聴こうとしています。それがまたあなたを追い詰めています。一度心の中の不安を、どんな些細なことでも構わないので全てを書き連ねてみてください。人に言えないようなことでも、自分自身で紙に書くことで心が少し軽くなります。それを冷静に眺めれば、なんでこんなつまらない事で悩むのだろうという事柄が必ず出てきます。悩むくらいならこれを放棄すればよい、とか、誰かに頼んで断ってもらおうとか、今は病気だから甘えさせてもらい、治ったらその時にお礼をすればいいとか、いい意味での開き直りができるようになれば間違いなくそれは快方に向かっている証拠です。そのようにしなければならないという几帳面な気持ちと、辺りに気を使いすぎて生じる不安との戦いで心が疲れます。そこを焦らず少しずつ改善していってください。いや、慣れていってください。そういう病気なんだ、と受け入れるところから始めてください。あなた自身、良い人を振る舞わなくとも良いのです。あなたが思っているほど人はあなたを意識していません。失敗を恐れないでください。風邪ひきがくしゃみをするように、そんな小さな失敗はあって当然です。小さな失敗はこの病気のくしゃみだと思ってください。誰だって、風邪をひいている人のくしゃみをとがめる人はいないでしょう。失敗して当たり前、そういう病気なのですから。だから怖がらずに頭で考えていることの少しでも行動に移してみてください。あなたのような患者さんは世の中に大勢います。世の中の三分の一の人は多かれ少なかれそのような病状を抱えている、というデータもあります。だから安心してください。大丈夫です。必ず良くなりますから」

その言葉に励まされて数カ月後、今の会社へお世話になった。何もわからない私はとりあえずトイレ掃除をした。朝のお茶出しをした。それくらいしかできることはなかった。今であれば露骨で恥ずかしく、照れ臭く映るそんな振る舞いが、当時は素直にそれができた。なぜならそこまで頭が回っていなかった。ただあの発作が現れないようそれだけを念じて、その不安を紛らわすだけの行為だった。ジッとしているのが怖かった。だからそれは毎日、丁寧に時間をかけて行われ、私の日課となっていった。余計なことばかりを考えている頭の中も、体を動かしていると少しは楽に感じられた。回数を重ねていくうちに少しずつだが集中して事にあたれるようになった。頭の中のモヤモヤもリフレッシュされていくような気がした。会社に相談し、ガラス工事の作業現場へ一緒に連れて行ってもらえないかお願いしてみた。何もわからないのだからそのような経験も今後の営業活動に役立つだろうという事で、少しの期間、見習いのように現場へ配属された。重いガラスを一緒になって運んだり、資材の片づけをしたりと、やれることが少しずつ増えていった。知らぬうちに、トイレ掃除やお茶出しに費やされていた時間は、生産性のある時間へと変わっていった。同時に昔培った、合理性や社交性などが自分の中で芽生えていくのがわかった。意識が仕事へと向き始めているのを感じていた。

そしてそれらは確かにその後の営業活動に役立った。最初は安定剤をポケットに忍ばせ、車に乗って営業に回った。県内の建設現場が主な営業場所だった。車窓から見える秋田の海や山の景色が気持ちを和らげてくれた。雲の上に墨絵のように現れる雄大な鳥海山や、純青の海と青空に挟まれくっきりと浮かび上がる男鹿半島など、眺めているだけで解放感に浸ることができた。周りの景色は季節が移ろうごとに確実に私の心の中の澱《おり》を消し去っていった。

少しずつ仕事を覚えていくと同時に忙しさも増してくる。見積もりの場面ではコストや利益、施工性などを考慮する。池袋の工務部時代にやりなれた業務が復活したようで涙が出るくらい嬉しかった。その頃には底なしの穴も、漆黒の闇も何処かへ消えてなくなっていた。朝起きて考えることは不安発作への怯えではない。今日一日の仕事にしっかりと意識を集中させていた。

春先ともなれば我先にと百花繚乱を極める草花や、いったい緑にはどれだけの色の種類があるのかと、思わずため息が漏れる五月の山々。青空の下、初夏を告げる優しい風の中でゆっくりと流れる純白の雲、それを映し出す田んぼの水鏡、どれもが鮮やかで新鮮に感じられた。

モノクロの時代からやっと解放された。

そうなるまでに四回ほど千秋公園のお花見を経験した。

仕事場の同僚たちや、お付き合いさせていただいたお客様からの温かい励ましがあって、定年まで勤め上げることができた。子供たちも成人してそれぞれに家庭を持っている。幸せですかと聞かれればハイと素直に答えられる。

家族で秋田へ引き揚げてきたあの時、失望と不安の中で乗車した新幹線を今でも思い出す。何も知らない子供たちは車内ではしゃぎ、人形のように生気のかけらもない自分がぼんやりとそれを眺めている。疲れ切った妻がにこやかに子供たちをあやしているが、目は笑っていない。すぐに車窓の遠くを眺めていた。それを思い出す時、普通に暮らしていられる今がどれだけ幸せな事か。

家族で秋田に戻り、生活も安定してきた頃、世の中はにわかにＩＴブームを迎えていた。時代が変わろうとしていた。その中で当時、この影響を真っ先に受けたのが印刷業界だった。レイアウトから製版に至るまでパソコンのマウス一つで片付けられるそんな時代になっていった。情報はチラシではなくネットで配信され、今まで印刷に携わってきた、人も、会社も、一瞬にして無になるような爆弾でも落とされたかのようにしてたちまち委縮して枯れていった。あっと言う間だった。

今から数年前、以前勤めていた池袋の印刷会社が倒産した事を知った。他社に引き取られることになったという。時代の流れを感じると共に、自分があのまま、何事もなくあの業界にいたならばどうなっていただろうと、ふと考えることがある。

先のことなど誰もわからない。しかしあの時の忌まわしい経験があって、今ここに自分がいる。二度と立ち直れないかもしれない人生の挫折から、家族や仲間の支えがあり立ち直ることができた。思えばあの病気を患ってから人に対して優しくなれた気がする。若さに任せて自分の考えをストレートに、想ったままを口にしていたあの頃、病気を境にそれが変わっていった。言葉を口にする前に、一度自分の頭の中でかみ砕いてみる。慎重に、相手の話をよく聞いたうえで受け答えする癖がついた。優しさと謙虚さを知った。それをあの病気から教わった。人間万事塞翁が馬、古人の諺が蘇る。禍福はあざなえる縄のごとし、こんな諺もある。この歳になりその言葉を実感している。悪いことばかりではない。さりとて良いことばかりも続かない。モノに表と裏があるように、灯に光と影があるように、およそ人生もそのようなものなのだろう。

山の雪が解け、そのせせらぎが川となって日本海へと注ぐ。それは太陽の陽ざしの中、水蒸気となり真っ白な雲となって空に浮かぶ。浄化されたその一滴は雨となって地上に降り注ぎ、あらゆる生物を育み、そして枯らしていく。やがてそれはまた雪へと変わり、カンバスに絵を描きなおすようにして辺り一面を白一色に埋め尽くす。自然は人間ごときが作り出したモノや常識をあざ笑うようにして、そんなものには一瞥もくれず、あらゆるものを包み込み、そして何事もなかったようにして毎年一つの物語として完結させていく。正も誤もなければ、善も悪もない。水は雄物川の橋の下を幾度となく流れ、その中で時間だけが過ぎていく。そんな自然の流れの中で季節は移ろい、昔から何一つ変わらない営みを繰り返すだけである。人はその時間の中を行ったり来たりしているにすぎない。それをこの目で見てきた。秋田に居を構え、秋田の自然から様々なことを学んだ。

バブル期を都会で過ごした自分にとって、あの賑やかな喧騒も自分の人生の彩りの一つだった。充実した毎日の中、あそこで学んだことも沢山あった。いろいろなことがあったが、あの頃の、生き馬の目を抜くような都会の中で必死に生きていた自分をほめてあげたいと思う。あの時抱えていた不安も、今ではもう思い出せないがきっと些細な事だったのだろう。それでもそれは、一生懸命生きていた証しでもある。目黒駅での出来事も、私に人生の中での必然だったのではないかと、今になって振り返る。あの日、今の結末を知る、目に見えないどなたかのお導きが、そっと私の背中を後押ししてくださったのかもしれない。

六〇歳という三度目の成人式を迎えて一年が過ぎた。初めて人生を振り返ってみた。千秋公園に咲く桜の古木には及ばないが、私の人生の中にもそんな木の節があった。もう一花などとは思わない。ただ穏やかに、季節の風に吹かれていられれば、それが一番いい。

Life is like the winds that blow through the seasons
(人生とは季節に過ぎゆく風のようなもの)

＊令和元年度第6回ふるさと秋田文学賞(随筆・紀行文)佳作受賞作品を加筆修正したものです。

喰らう

千秋城下町　三の丸（一九九七）

私がこの店に通い始めたのは秋田に戻って八年目の頃だった。今から二十数年前の事である。秋田市中心部にある千秋公園のおひざ元に構えたこの店は「三の丸」といい、住宅街の中に隠れるようにして在った。少し奥まった玄関先に小さな辻行灯《つじあんどん》を掲げただけの、見過ごしてしまいそうな店だったが、しっかりとした板前料理と人懐こいマスターの人柄が評判で足しげく通う客も少なくなかった。

その頃、私は硝子工事店の営業として勤務していた。建設業界やメーカーに縁があり、取引先への接待がきっかけでこの店に顔を出すようになった。接待された客は日常の喧騒を忘れさせてくれる店の雰囲気をすっかり気に入ってくれて、そのひと時を楽しんで帰っていく。

出される料理の評判も良く、自ずと自分自身がそこの常連となった。

門構えは控えめだが店内は意外に広い。

引き戸を開けて店に入るとすぐ右側に十名ほどが座れるカウンターがあり、食材を置くケースを前にしてマスターが迎えてくれた。

入り口から延びる通路は鰻の寝床のような奥行きがあり、その右側にいくつかの小上がりを構える。正面の突き当たりには襖を隔てて少し広めの座敷があり、二階にもひとつ、離れのような座敷があった。

そこはどこか特別な場所で、その席にお忍びで訪れる著名人と幾度となく遭遇したことがある。

店は接待に利用される機会が多かった。

コース料理が主体となっており、金額は様々で予算に合わせた料理を提供してくれた。

その大半は予約をして訪れるのだが、新規のお客様にはマスターが、何かリクエストでもおありですか、と伺っていた。どのような形の集まりなのかを尋ねたうえで肉や魚の嗜好を訊き、女性の有無やお客さんの年齢層などを確認していた。そのようにして、要望と予算を伺ったうえで料理を考案し、そこから旬のものや、季節ごとの珍味をあしらった献立を組み立てていく。

もちろん個人的な、家族連れのように予算が限られるような場面でも、技術と経験で充分に客を満足させてくれた。

タラ鍋

例えば、旬の鱈を一本仕入れる。

野球のボールが丸々入るほどの大きな口を開けた、ずっしりと重たい見事な一本である。上質な身の部分と腹からあふれ出そうな白子はよそ様の上級コースへとまわされるが、それ以外の、アラにあたる部分からでも、しっかりとしたコース料理はつくられていく。

頭は出刃包丁で二つに割られ、唇、頬肉、カマの部分、ヒレの付け根、肝臓や内臓に至るまで丁寧にさばかれ下処理を施され、それらはやがて煮たり焼いたり、混ぜてみたり、と様変わりしていく。そして、三枚におろされた骨の部分や他の残ったアラのすべてを利用し鍋の出汁を取る。丁寧に灰汁《あく》とアラを取り除いた後に、味噌と、新鮮なタラの肝をすり鉢で和えたものを鍋に入れ溶きほぐす。鍋の味はそのようにして調えられていった。予算の都合上、鍋に入れられる上質な身の部分は限られる。しかし、それを補うようにしてそこに地元産の野菜が加わる。この時期の白菜は茎の部分に凝縮された甘みと旨味を蓄える。それは上質の砂糖が溶けだしたようなサラリとして純粋な甘みだ。

しっかりと火が通った茎は、程よい固さに白菜特有の甘味を際だたせ、適度な食感と共に鍋の味わいを深める。凹凸がある葉の部分は、肝の風味をたっぷりと吸い込んだ味噌味をしっかりと抱え込み、具材の一品としてそれだけで存在感を成す。旬の野菜は滋味に溢れ、味が濃い。

味噌仕立てのタラ鍋が器に盛られる。

葱と豆腐と白菜のほかにエノキが加わり、緑色の春菊が添えられる。それに切れ目を入れられた椎茸が一つ。小ぶりだが肉厚で黒々とした椎茸だ。

濃い緑の葉から一瞬強い菊の香りが鼻先をかすめ、あのほろ苦い味わいを想像させる春菊だが、広げたその葉は汁によく馴染む。白菜とは違った、むしろ真逆のような、ベトナム料理に使われるパクチーにも似た個性的な味わいが新鮮な余韻として口に残る。

器の中央には小さいが、しっかりと身の締まった大鱈のカマの部分と身の部分が一欠片ずつ、少し分厚く切られてのせられている。熱々の汁をすすりながら鱈をほおばってみる。口の中でほろほろと鱈の身がほぐれる。しっかりとした身が一つ一つの小さな塊となり、さらに小さな一片となって舌の上で崩れる。

次に葱の青みがかったところをハフハフ言いながらいただく。

シャキシャキとした歯ざわりの中にジェルのような特有のとろみがあり、汁の味噌加減が葱の甘みを引き立てるようにして旨味となって口の中に広がるが、それがやたらと熱い。口の中で食材が躍る。透明がかった甘みとでも言おうか、白菜の甘さとは微妙に異なるものだ。

その鍋の中の食材はそのどれをとっても、地味で淡白な代物だ。しかし、様々なエキスを蓄えた味噌味がそれらの個性を引き出してくれる。素材同士を組み合わせる事で、鍋の具材は、旨味を湛える深みのある新しい食材へと変えられていく。三の丸の料理は、前菜からデザートまでそのようにして仕上げられていった。

どぶろく

三の丸には、常連さんといわれる人たちで発足されたカウンター会というものがあった。その名のとおりカウンターに陣取り個人でふらりと立ち寄り一杯ひっかけて帰る、そんな場所だった。そこだけは本来の店の雰囲気とは少し異なる、マスターや常連達の会話が飛び交う居酒屋風の空間だ。会話が弾むそんな楽し気な雰囲気に憧れてそのカウンターを予約するアベック（カップル）もいたりした。

カウンター会のメンバーに出される料理は日によって異なり、マスターのお任せ料理である。飲み物は、生ビールを一杯いただいた後、自分のボトルを開けて飲むのが通常だった。そんな中で時々、マスターが我々だけにこっそりと提供してくれる品があった。それは手土産として店に持ち寄られた各地方の甘味や珍味、酒など、種々雑多ではあったがカウンターでの楽しみの一つだった。

どこかの社長が、歳暮でいただいた高級ワインを『私は飲まないから』と店に持ち寄り皆にふるまわれたときなどはこぞってグラスを差し出し我先にとご馳走になった。普段は焼酎と日本酒しか飲まないような面々なのだが慌ててお猪口を空にしてそれを差し出す者もいる。マスターが呆れたように笑いながら、鶏に餌でも与えるようにして一羽ずつ、楽しそうにそれを注いでいた。カウンター会はそんな連中の集まりだった。

そんな中に誰かがこっそりと届けてくれたという秘蔵の白いお酒もあった。

「雪深い山奥の沢に寝かせていた、ちょっとヤバい酒だけど」

ニヤニヤしながらそう呟くマスターの言葉を真に受けながら、冷蔵庫の隅からおもむろに運ばれてきたそれはすでに五分の一ほどなくなっている。

見れば一升瓶の口元はしっかりと藁《わら》でふさがれていた。

「ほほうっ、なるほど」と皆がうなずく。

カウンターの中央にこれ見よがしにと置かれたそれは、たちまちのうちに皆の目を、好奇から好色の眼差しへと変えていく。

我先にと、注がれたグラスに手を差し伸べる。一滴もこぼすまいと口元をとがらせ、グラスの縁へ顔を寄せた。

嬉しさと興奮で、緊張してしまい小刻みに手を震わす者もいる。常連のナカさんだ。

『手の震えは別のところからきているんだろ』とそう思い、首をすぼめ心の中で舌を出しほくそ笑むのは仲間のサブさんだ。

それは初々しい果実のようで、バナナにも似た少し甘い柔らかな香りを漂わせていた。

アイボリーがかった、深みのある白さを湛えたそのお酒は、透明なグラスの中へ音もなく注がれトロリと横たわる。

「昔、みゆき座で見たあの彼女と同じだな」誰かが話すと、

「ンダ、ンダ、白い柔肌のストリッパー、いいじゃない」

また誰かが言い返す。皆がどっと笑い拍手が沸きあがる。

初めて経験するキスのようにしてそっと唇を寄せた。口元に含んだ一口は滑らかで、きめの細かい気泡が舌の上ではじけて消えたかと思ったら、たちまちの内に喉元を通り抜けた。

その一瞬の出来事は新鮮でいじらしく、愛おしくて、只々美味しかった。

甘い香水を漂わせながらすり寄ってくる妖艶なお姉さんたちのような、人たらしのその酒は、『素晴らしい床下酒造だ』と、皆から称賛されながら瞬く間に飲み干された。

飲んだ量はそれほどでもなかったかもしれない。でも効いた。

真っ白なお姉さんたちと出会えた喜びもあり飲み終えた後も何度か乾杯を重ねたような気がする。斜めになりながら這うようにして自宅へ帰った。同時にそれは、その日にあった出来事の記憶をすべて消し去った。

何もかも忘れ去られた翌日の朝、今度は胃袋の奥の方から気体となって現れたお姉さまたち。

『私を忘れないで』昨日とは少し異なる年老いた香りを漂わせながら、昨夜の名残を惜しむかのように囁き続ける。

『一夜の思い出だよ』心の中で呟いてみたが、腹の中の発酵はその日の夕方まで続いていた。やはり手練れの人たらしであった。

その一升瓶は、毎年この時期になると何処からともなく又、現れた。

大抵は雪深い地域からで、鳥海娘のみならず北秋田の阿仁町娘とか酒造りの盛んな仙北角館田沢湖娘とか各方面にわたったたが、その時々で味わいは異なりそのどれもが個性的で美味しかった。

「ほれ、アッちゃん飲んでみな」

マスターが私に手渡したそれは、発酵が進み酸味の強い爆発寸前の濁り酒で娘が山姥に変わっていた。吹き出しそうになった私を見てマスターがヒヒヒ、と笑う。店が暇だとそんな悪戯もされた。木枯らしが吹き、寒空に肩をすぼめる時期になるとカウンターの面々はその娘たちを待ち望んだ。そして最初にふくむ一口が、冬が訪れたことを皆に教えてくれた。

様々な楽しい出来事の中で、それでも料金は特別なメンバー料金で楽しませてもらい、それは我々の懐に優しく有り難い金額だった。二〇〇一年ＩＴバブル数年前の頃だ。時代の変遷で世の中の景気がまた少し良くなりかけた時期でもあった。

先付け

料理を作るマスターの姿も酒の肴の一つだ。

目の前で繰り広げられる包丁さばきで、次々と作りだされていく料理を見るのが好きだった。そんな時、その手さばきに合わせるようにして様々な食材の説明をしてくれた。

それはお造りのネタから盛り付ける器に至るまで多岐にわたり、話題が尽きることはなかった。話でしか聞いたことの無い珍味を、冷蔵庫の奥から取り出してきてひと舐めさせてくれたこともあった。飲食だけではない、目や耳で楽しめるひと時でもあった。

店は忘年会や年度替わりの時期は特に繁忙を極める。数十人の団体客を一度にこなす事もあった。そんな時は、事前に作り置きのできる料理から手掛けていかなければ作業が追いつかない。夕刻前ともなると、あらかじめ用意された先付けがそれぞれの小鉢に手際よく盛りつけられていった。よくありがちな居酒屋の突き出しのようにも見える一品だが、そこにはマスターのこだわりがある。

八郎潟産のゴリのから揚げや、ジュンサイの酢の物、ウドのきんぴらなど地産地消にこだわった数品が、日を変えながら一箸ずつ小器に盛られ三段に区切られた籠の中に収められた。金色の取っ手が付いた、虫籠ほどのこの器が最初に客をもてなす料理となる。段ごとに収められた先付けの中身は、籠のおもてからはうかがい知ることが出来ない。だから客は最初に出されるその一風変わった器に胸を躍らせた。

取り出す際の期待を裏切らぬようにと、段に収める一品の順番までを細かく指示した。そんなマスターをカウンター越しに眺めながら、その日の先付けにはどのようなものが出されるのかと、いつも興味深く観察していた。

　時々珍しいものがあれば、

「マスター、それはなに？」と尋ねた。そんな時は忙しく菜箸を動かしながらもその一品を丁寧に説明してくれた。産地とレシピを話す姿は嬉しそうでもあり満足げでもある。それだけ最初に出されるこの先付けにはこだわっていた。

　刻一刻と仕上がってくる籠入りの先付けは決まってカウンターの隅の方から並べられ、自分たちの居場所はたちまち閉鎖されていく。

だからその時期のカウンターはメンバー達が肩身を狭くして身を置く場所でもあった。もっともベテランの常連はそんな日には顔を出さない。あらかじめ予約の状況を把握し、石を投げられた小魚の群れのようにしてあちらこちらへ散らばっていたようだ。マスターも事前にそれを告知していた。

　暫くして、客が揃う少し前に仲居さんが現れる。次々とそれを座敷へと運びだし、並び終えるといよいよ宴会の始まりだ。

　奥の方から拍手と共に乾杯のご発声が聞こえ、湧き上がる歓声とともに宴会は始まる。

お造り

やっと解放されたかに思えたカウンターに、今度はお造りが並びだす。団体客という事もあり予算も限られているのだろう。このような場合のお造りは盛り付けられる魚種も限られていた。

蛸や甘えび、マグロに帆立を並べた程度で月並みである。ところが、出されたお造りに箸をつけるといつもと違うこの刺身の味に気がつく。目の前の刺身はよく口にする品だが、自宅で食べなれたそれとは別物だ。

もちろん刺身自体の素材の良さは言うまでもない。更にそこへ加わるのが、職人が持つ包丁の技術である。さばきであり切れ味だ。厚く切って出すもの、薄く切り分けられるものなど出される素材によって様々である。そのようにして、こだわりを持って施される技術も料理の一部であり、刺身の味わいの一つなのだと教えられる。

そこに出される帆立はむっちりとした弾力の中に、わずかな酸味を加えたような甘さを含んでいる。噛み応えがあり食べた後にその旨味の余韻が伝わり、帆立本来の味を知ることができる。その味の違いは個体の大きさであり貝柱の筋肉の違いでもある。

スーパーで売られているものより二回りほど大きい。それを切り分けていた。

醤油が乗りやすくなるよう、少し波立てるようにして包丁を入れてある。それは出される蛸も同様で、少し薄めに切られたそれにも丁寧な包丁が施されていた。蛸もまた適度な歯ごたえが心地よく、噛めば噛むほど旨味が溢れ出るような蛸だ。

ツマの大根に身を寄せた甘えびは、その大きさに鮮やかな赤を湛えお造り全体を彩る。自らの赤い頭と同じくらいの太さで、豊満な薄紅色のその身は、特有のねっとりとした甘みを兼ね備えている。ワサビ醤油でいただくそれは、なおの事その甘みを増幅させ、食べた後暫くは豊かなエビの甘みで口の中が満たされる。飲み込む最後まで甘く、後に引きずるような生臭さなど微塵も感じられない。頭の先の角の部分に指をあてがい、それを引き上げると甘えびの味噌が現れる。少量ではあるが緑色に輝くその部分に口を寄せ、吸い上げてみる。一瞬わずかな苦みを伴いながら口の中に広がる甘えびの濃厚な風味は中々なもので、そこから近海で上がった鮮度の良さをうかがい知ることができた。

マスターがマグロをさばくとき、その柵をまな板に載せたあとで、決まって端部を少し刻んで口に含む。味見というより、その熟成度を確認する。そうして柵の頭の方から少し厚めに包丁を入れていく。わずかでも筋のような部分や形の整わない部分があれば、惜しげもなく切り落としていった。

マグロの話

マグロには、そのマグロにしかない噛み応えがあるように思えるのだが、それを例えて表現するのは難しい。それは厚く切るほど複雑になり、噛み応えというよりは、口全体に広がる感触の伝わり方、舌触りといってよい。筋肉質のものもあれば驚くほど歯にまとわりつくものもある。

赤身の部分などは、部位によってなおさらそのように感じられる。それはきっとマグロの種類だったり個体の成長の度合いだったり、水揚げされた場所や時期にもよるのだろうが同じ魚種で個体ごとにこれだけ味わいが異なる魚も珍しい。その見極めの数だけ目利きの腕が試され、さらにそこに熟成という加工が加わる。

ゆっくりと口の中へ運ぶのだが、その独特の歯触りを何に例えたものか。

噛んで味わいながら、舌の上に載せ口全体でいただくのである。肉のような固さでもなければ普段口にする青魚のような歯ごたえでもない。鯛や平目のそれとも違う。魚の身であり部位によっては肉のようでもある。魚肉とはよく言ったものだと感心する。

複雑なのは噛み応えだけではなく、味わいもまた同じである。

厚く切られた上質の赤身なのだが、そのねっとりとした歯ごたえと口の中いっぱいに広がる旨味は食する者にゆっくりと湖の底へ誘うような至福の時を与え、味覚はその後からゆっくりとついていく。

口の中で様々な味覚が交錯する。

熟成された部分もあれば、わずかではあるが、まだ少し、未熟な部分を残していたりもする。筋肉に裏打ちされた魚体と、鉄分を含んだアンバランスな血が個性となり、存在感となって口の中に見え隠れする。しかしそれは決して出過ぎた嫌な味覚ではない。その奥にある風味や旨味の脇役としてそこにある。それはマグロ特有の自然なものであり、独特という言葉で表される部分でもある。たんぱく質が豊富なこの魚はどこを、どのようにして食しても美味い。

そんなことを思いながら、味覚は静かに湖の底へとたどり着く。

付け加えて独特の部分をもう少し掘り下げてみる。マグロにはほかにない価値観がある。美味しさの中に、滋養や若返り、ボケ防止の為などという味わい以外の摂取感が漂い、血圧とか体脂肪とかの効能という二文字がちらつく。

厚く切り分けられたそれからは、少し恩着せがましい、そんな地合いが感じとれる。

マグロの赤身は美味いのだがその性格に難がある。盛り合わせた刺身の中央で、

「俺がいなければ成り立たないのだ」

と、三の丸の赤身は偉そうに訴える。

繁忙期とママさん

そんな繁忙時は、団体客に出された料理の一部が先付けとしてあてがわれた。お造りを出し終えるまでマスターの真剣勝負は続き、声をかけるのもはばかられた。この調子では次の肴がいつ出てくるのかもわからない。

仕方がないので最初に出されたそれをチビチビと口に運びながらじっとマスターの包丁さばきを見ている。

たまに、並べられたお造りの一つに帆立が抜けていたりする。その時は教えてあげる。包丁を動かしたまま顎を突き出し、

「他にないか、ちゃんと見てよ」などと命令される事もあった。

こちらも他にすることがないのでしっかりと検品する。すると、今度は甘えびが抜けていたりもする。

できたと思ったら員数が一皿足りなかったこともあった。そんな時、最後の一皿には甘えびの姿はなく、代わりに立派な中トロが盛られていた。なんでと尋ねたら、

「甘えびだけは切り分けられないだろう」

そう言ってマスターはニヤリと笑う。


ママさんはカウンターの脇に立ち、時折マスターを手伝ったりもするのだが、メインは仲居さん達の陣頭指揮である。

飲み物のお代わりを指示したり、料理の段取りをしたりと何かと慌ただしい。

マスターは料理を出すタイミングにこだわった。だからママさんは客の状況を確認し次の料理を出す間合いを計りながら、マスターとの連携に気を配る。

温かいものは温かいうちに、冷たいものは冷たいままに食べてもらう。一つ一つの料理の演出が、マスターの頭の中で完成されている。

そんな傍らで、ママさんには特技があった。

客から入る酒の注文をてきぱきとこなしながら、自らのグラスにもてきぱきとビールやワインを注ぎ、合間を見ては、カウンターの壁に身を隠すようにして体を預け、涼しい顔でグイッとやる。

それを知るマスターは頃合いを見計らい、

「ハイ！　ママさん、始まりました」

とおどけてみせた。

ママはママで、

「こんなに暑くちゃやってらんないわ」

と、いちいち皆に聞こえるように話しては、さらにまた一杯と、こんな具合である。

酔いが回るほど飲むわけではないのだが、仕事始めの合図のようなもので、それは忙しい時の彼女の景気づけでもあり、開き直りの一杯だった。盗み酒とは異なる、試合前のスタミナドリンクみたいなものだ。

でもそれは暇な時でも続いていた。

マスターの、

「ママさん始まりました」を耳にするとカウンターがにわかに活気づく。

それはそうするための号令のようでもあり、マスターの作業が一段落した合図でもあった。ママも笑いながらちゃっかりと二杯目を口にする。

カウンターの脇はママにとっても、居心地の良いくつろげる居場所だった。

マスターにとっては、ママ自身が眼と口と耳で確認するカウンターの脇に置かれた目覚まし時計のようなもので、それがまたカウンターの雰囲気を盛り上げ無骨な連中の軽口を巧みに操るアイテムとなっていた。客を愉快にもてなし、マスターを横目で観察する、カウンターを仕切る監督のようでもあり「三の丸」の良きマネージャーだった。

コーチとサブさん

カウンターには様々な人たちが集まった。メンバーの大半はそれぞれに肩書を持つ、ひとかどの人物たちだが、個性派集団の集まりでもあった。

そんなメンバーでカウンター会は構成されていた。

当時の私はその個性派の部分だけで参加させてもらっていたが、そんなことはお構いなしでみんな分け隔てない付き合いでお酒を楽しんでいた。

その中の一人にコーチがいた。独身で私より学年がひとつ上と歳も近く、公務員として事務をとっていた。以前マスターが開いていた店の常連で、マスターとの付き合いは長い。この店を下ったところに彼のアパートはあった。仕事柄、一般的な社会制度についての知識が豊富で、身の回りの税の事や保障や手当のことなど、尋ねれば丁寧に教えてくれた。シャイで、口数は少ないがカウンター会の皆から頼りにされ、一目を置かれる存在だった。マスターも実の弟のように可愛がっていたし、まだ若い彼だが店にとっては特別な存在だった。

朝、勤め先へ出かけ、夕方駅前のパチンコ店に顔を出し、夜に三の丸で食事をしてアパートへ戻って寝る、それが彼の日課だった。野球好きでジャイアンツファンの彼は決まってカウンターの一番端に陣取る。そこには知らず内に、野球観戦用ポータブルテレビが設置され、そのまま彼の定位置となった。昔、小学校の野球部でコーチをしていた事もありそれがそのままニックネームとなった。常連客もそこを外して着席する。

彼も少し変わっていて、なかなかの頑固者である。

いつも同じものしか口にしない彼を見かねて、時には特別な手料理を振る舞うこともあったマスターだが、彼はことごとくマスターのそれを拒んだ。それどころか、時には出される食材にまでクレームをつけた。

皿に載ったタルタルソースを指さし、『俺はこんな変わったソースは好まない。レモンなんかいらないし、フライにはとんかつソースだけでいい』とか、白身のお造りを出した時は『スダチを搾り塩で食べるのは邪道だ。いいからとりあえず醤油頂戴、白身なんか面倒くさい、刺身はマグロでいいのに』と、せっかくの料理を前にしてこのような按配だ。

するとマスターは、

「フン！　口《くち》馬鹿に何を与えても同じだから」と言い返す。

それをニヤニヤしながら聞いているカウンターのメンバー達。

いつものやり取りである。

その中の一人がコーチの隣でけしかける。

「コーチ、言い返せ、こんな料理なんか食えたもんじゃないとはっきり言ってやれ」

「悔しかったら俺のような田舎者に通用する料理を出せって、としゃべれ、こんな料理は羽後町では通用しないからとマスターさ教えてやれ」

そう笑いながら話すのは秋田県警に勤務するサブさんだ。やはり店の近所に住んでいる。毎年、年度替わりの時期ともなれば県警のお偉方として地元新聞に名前を連ねるような人物だが、飲めばこの通りの人である。サブさんは北島三郎にも似た大きな鼻穴を膨らませいつもカウンターを賑わせた。職業柄声も大きく、時にはその職権を笠に着せ、わざと威圧的にふるまいふざけて見せる。

「勉強不足ですみません。参考になります」

そんなサブさんの一言に付き合うようにしておどけてみせたマスター。

するとそこでまた皆が笑う。

カウンターはいつもそんなやり取りで盛り上がった。

せわしなく動く包丁や、カチャカチャと器が重ねられていく光景の中に、音とも会話ともつかない和やかなざわめきが漂う。

熱く語る声もあれば、押し殺すような声でひそひそと話している姿もある。時折おこる小さな笑い声が、山小屋の小さな焚火のようにしてその場を温める。

叫声と共にそれは一瞬真っ赤に燃え上がってみたり、消えかけてみたり、様々ではあるが、赤く重なり合う炭火のようにしてゆっくりと静かに燃え続ける。

そのほのぼのとした明かりは忌憚なく語り合う皆の顔を照らし続け、カウンター全体を包み込んでいった。


サブさんにからかわれたコーチは一番隅で濃いめの焼酎をあおる。

彼の飲む焼酎は決まって「あいぼう」という県内産の焼酎で、工場は彼の実家である羽後町と同じ地域にあった。頑なにそればかりを飲み続け一週間に二本のボトルを空けることもざらだった。本人がそれを郷土愛と言えば、周りからは、

「フン、オメなのただの酒飲みだべせ」（オマエナンカタダノノンベエダロ）

と笑われた。

「やがましで」（うるさいよ！）

小さく呟き、さらに焼酎をつぎ足しグラスをあおるコーチ。尽きない郷土愛。

暫くして、彼の前にはいつもの目玉焼きと豆腐が運ばれた。二個の目玉焼きにはちゃん

と生野菜も添えられている。彼にしてみれば、三の丸は自分が通う一食堂にしか過ぎない。手の込んだ料理より、日常でいただく家庭料理が好みだ。

マスターは、家族の一員のように毎晩訪れる彼に対して、客には出すことの無いそれを特別に作って出していた。彼が座る一番端の席がこの店の一丁目一番地だった。

室田さんと小寺部長

地元の建設会社に勤める室田さんはマスターの幼馴染みだ。この店が開店してまもなく、地方から転勤となって秋田へ戻ってきた。引っ越し当初は市内の賃貸で過ごしていたが、ほどなくマスターの紹介で自宅を購入することになる。そしてそれは道を挟んだこの店のすぐそばにあった。

夕方ともなると会社のユニフォーム姿のままサンダルをつっかけ店に現れた。その室田さんにつるむようにして建設関係の小寺さんがいた。竹馬の友とまではいかないが古くからの友人だったと話していた。二人はいつも最初の三十分程度を仕事の話に費やし、後はカウンターの面々と他愛ない話で盛り上がる。民間、公共問わず建築物件はこのような時間外の情報収集が欠かせない。それは営業の矛先を明確にし後に受注の際の決め手となっていった。話せる情報より、話せない情報を圧倒的に持ち合わせる事、その辺りに営業マンの資質が隠されている、当時この二人から私が学んだことだ。小寺部長にとってこの店は第二の職場のようなもので師走ともなれば二日と空けず接待の客を連れて足しげく通い、物件が決まれば「刈穂の大吟醸」を、室田さんはじめカウンターの面々に振る舞った。当時の熱心な営業や、カウンターに集まる面々を巻き込んだ情報収集が功を奏したのか分からぬが、今ではその会社の社長を務めている。

いつもの打ち合わせを終えた二人が、からかうようにしてマスターを巻き込み交わす会話は夏の花火大会のようにカウンターを盛り上げた。マスターと室田さんの間に年下の小寺部長がうまく収まり、三人が掛け合いの漫才みたいにやり合う姿はテンポがよく、絶妙だ。

二人が店に訪れるとショートコントのようなそれを待ち望むファンも多かった。

ある日のこと、

「部長さん、今日は男鹿産のいい蟹が入ってますよ」

少し顎を突き出しニヤニヤと笑いながら両手でゴマをする真似をして伺いを立てている。

「いや、蟹は食べづらいし、面倒だから」

とやんわりと断りを入れた小寺部長にすかさず室田さんが割って入った。

「構わない、マスター出してやって、出して頂戴。部長は苦手だけど、俺は大好物だから」

「ハイ！　かしこまりましたー」

すこぶる元気な声を張り上げマスターが厨房へ消えていった。

スポンサーである部長の意向を無視するように勝手に事が運ばれていく。

しかしそんなやり取りにもちゃんと裏があった。両名の会社には、二人の関係以上の、ビジネスパートナーとしての深いつながりがあった。だから、その時の蟹はタヌキのかどわかしのごとく何処かの何とか工事という木の葉に化けていた……らしい。

地産地消の食材はこうして企業同士の仕事を結び付け、そのお金の一部は、滞る事無く地元飲食店へのお支払い、という形で還元され、秋田の経済を支える一助となっていた。

ほどなく、大皿に盛られたズワイガニの肩偏が現れた。それは地元の工事物件が男鹿の蟹に化けた瞬間でもあった。サイズもでかい。

鮮やかな金赤の蟹が、青磁の皿に盛られて目の中に飛び込んできた。

「ホー」

二人から歓声ともため息ともつかない小さな声が漏れる。

これにはさすがの小寺部長も目を見張った。

食べやすいように蟹の脚には包丁が入れられている。

蟹の話

蟹の味はその塩加減とゆで加減で決まる。

鮮度の足が速いので蟹は捕れたての生きているものをその場で調理するのが一番よろしい。ダラダラと生け簀で生きながらえている蟹は確かにそれなりの鮮度と美味しさはあるのだが、捕れたてのそれには及ばない。陸揚げされて生き続けることは自らの身をやせ衰えさせることに他ならない。その差が味に出る。

蟹を丁寧に水洗いしたあと、鍋に蟹の体高より数センチほど上回る量の水を張る。そこに海水より少し薄めになる程度の塩を入れ、沸騰させる。甲羅の裏側にある細長い三角状の部分を、手前にあおるようにして広げ、そこに日本酒を小さな盃一杯ほど垂らす。絶命前の蟹には麻酔薬のようでもあり、すでに息絶えた蟹には供養の一杯となる。

人の話によると蟹にも痛点なるものがあり生きているそれをじわじわ茹でるのは残酷で

ある、という説がある。もっとも、この店に集まるメンバーにとっては何ら関係の無い話であり、罰の一つもあたるくらいでちょうどよい連中ばかりではあるが。

沸騰した鍋に、蟹を仰向けにした状態で入れる。即死である。一時的に沸騰は収まるが、再度沸騰してきた辺りで鍋の火を弱める。蟹の大きさにもよるが大きいものはそこから三十分近く目を離さず火加減を調整しながら茹で上げていく。甲羅の部分はとっぷりと湯につかり脚の三分の二も湯を浴びている状態となる。少し時間が経つと先ほどの三角部分から小さな泡が出てきてやがて僅かだが甲羅が浮いてくる。時折菜箸で体全体が湯につかるようにコントロールして、お湯の温度が低そうならまた強め、高くなったらまた弱めてを繰り返す。早い話が途中から低温調理となっていく。ポイントは甲羅の中にある蟹味噌を外に出さないための、つまりはそれを沸騰させないためだけの作業といってよい。最後の一、二分だけ蓋をし、火をとめて冷めるまで鍋を放置してただひたすらその時を待つ。しばらくして鍋が冷めきったらようやく蓋を開け蟹を取り出す。お湯は薄いグレーとなって濁ってはいるが味噌があふれ出た形跡はない。

十本の足を突き立てたまま仰臥しているその赤い宝石をザルに移し替え完成である。

先ほどの三角の部分を取り除き、そこから親指を入れ、甲羅と身を引き離す。

甲羅の内側の白濁した中に蟹味噌がある。インドカレーのような淡い黄色の蟹味噌は甲羅の内側にひと塊となっておりそれは身の中央部分にも同じようにして付着している。甲羅の所々に浮かんでいる赤くて細かい輪は蟹味噌の脂である。

一見、上品なクリーム状の塊のようにも見える蟹味噌だがその味は極めて濃厚で、ひと舐めしただけで口の中で蟹がワサワサ歩き出す。零れ落ちるようなその蟹味噌を丁寧に取り除き器に移し、残った本体を二等分する。

凝縮された旨味は蟹味噌のみならず蟹本体も同じである。一つ、難点なのは蟹脚全体がお湯に浸されることなく仕上がる分、(仰臥し脚が持ち上げられた分)若干ではあるが身の離れは悪い。充分熱は通っているのだが少しの食べづらさが伴う。豊満な身を蓄えているからなおのこと、足部分の身がするりと抜け出るようにはいかない。しかし、その脚に余計なお湿りを含まなかった分、蟹本来の濃厚な甘みと風味が味わえる。素材だけの湿度から溢れ出たそれはちょうどミディアムレアのような状態であり、蟹本来の純正な味覚である。

それは部位によって異なるのだが、例えればその足の付け根、殻で覆われた部分からは、ブロックごとの筋肉がほぐれ落ちしっかりとした筋状の食感と舌触りで、やはり帆立に似た味わいがある。それに蟹味噌の風味と蟹本来の強い甘みが口の中で交差して旨味が増幅されていく。

出された蟹はきっとそんな按配に仕上がったはずである。

仕入れてすぐに調理したと話していた。

そして、それをさらに二等分したものが青磁皿の上に盛り付けられていた。

しかしそこには、あるはずの蟹味噌の姿はなかった。それを後でマスターに尋ねてみた。

「あの二人に出したところで蟹も成仏しないだろう」という至極ごもっともな答えに私も大きく頷いた。

気になる蟹味噌の行方だが、それをまた尋ねるとマスターが寂しそうに笑った。

別の器に寄せていたそれだったが、知らぬ間にママさんによって葬り去られていたという。そんなマスターはママさんの婿殿でもあった。……早速、あたった蟹のバチ。

殻をそぎ落とし食べやすく処理された蟹の脚は豊かでむっちりとした肉を惜しげもなくさらし、それは二人を満足させるには十分な代物だった。

早速その一偏を室田さんが取り上げる。見事な蟹脚に小寺部長も、

「どれどれ」と手をのばした。

殻から膨らみでるようなその肉は、薄いピンクの所々に赤い線を浮きたたせ、それを手にした二人は金具を使い端の方から慎重に身を引き寄せる。そしてその身がくの字で止まったところで一気に口の中へ放り込んだ。

一瞬の間をおき、互いに見合わす満面の笑顔がその蟹のすべてを物語っていた。

充分なボリュームと凝縮された蟹の味は天国への入り口が開放されたようにして彼らの口いっぱいに広がっていったことだろう。言い尽くすことのできない蟹の旨味で、口の中が満たされる。

普段経験することの無い濃厚な味わいは、食べる者の味覚を刺激してやまない。人はそこで寡黙になる。本当に美味しいものをいただくという事はきっとそういう事なのだ。もちろんこの蟹も二人を寡黙にさせるに十分な代物だったはずなのだが……。

しかし、それは一部の例外を除いて……の事だったようだ。

事件その1

「イヤー、マスター、こんなうまい蟹を食べるのは初めてだ。すごい！」

室田さんが話せば、

「やっぱりすごいもんですな、うちらが普段口にするのとは全然物が違いますな」

改めて感心する小寺部長。

室田さんが話す口元には先ほどから小さな蟹の身が貼り付いたままだ。彼らの前には野良猫が食い散らかしたような皿が放置され横倒しの徳利が転がっている。

それにしてもよく飲めた二人だ。

調子づいた室田さんは大きな蟹の爪を手に掲げ、促すようにして、

「見事なこの蟹にこの貧しい酒だば失礼でないのかい。んっ、部長」

「へへへ、んだすな（そうですね）、それじゃあマスターこのあたりで、ボチボチいつもの奴、えっ、あっ、そっち、刈穂の、んだ、大吟のほう、なんも、ちっちぇ方（小さいほう）でいいから、ん、んだ、二本で」

「なーにまだぁ、ケチくせごとしゃべて（けち臭い事を話して）、マスター、おっきいほうで、んだ、そっちで。今日は部長の奢りだからジャンジャン持ってきて」

と、メートルが上がった室田さんがたたみかける。

「ハイっ！　部長さんの大吟入りましたー」

と、高らかに響くマスターの声。


蟹もそろそろ落ち着いてきたころ、カウンターの並びに座っていた県警のサブさんがおもむろに、

「ところで小寺よ、おめえもずいぶん偉くなったもんだな、会社の金だと思って旨いもん

ばっかり食って。たまには奥さんにお土産でも持って帰ろうなんて思わねのか」

サブさんは部長が卒業した高校の先輩でもある。だから大吟醸のおこぼれを頂戴するとき以外、大抵は呼び捨てだ。いつものようにからかい半分に声をかけ狼煙をあげる。

「いやー先輩、そう思うなら先輩がご馳走してくださいよ」

「何言うか、おめさなの（お前になんか）ご馳走はしね。けど、奥さんさだば（奥さんには）ご馳走してやってもいい」

「へへへ、先輩、口だけでも有り難いっす」とうそぶく部長に対し、

「なにおー、コノヤロー、おめえこそ、口ばり（口ばかり）達者になりやがって」

先ほどからヒクヒクと鼻穴を膨らませ、笑いをこらえるようにしていたサブさんだが、嬉々として椅子から立ち上がり、ここぞとばかりにライターに火を灯して襲い掛かるふりをする。

「おっ！　サブさん始まりました」

と、どこからか声が上がる。

「や、やめでけれー先輩、勘弁してください」

と笑いながら頭を抱え怯えてみせる小寺部長。……ここにも一人バチあたり。

子供の学芸会のような有り様を見てカウンターの連中がはやし立てる。

片手に蟹の爪を持ちながら、

「ヤレ、ヤレ、やってしまえー、いいぞサブ、いけ！」

メートルを上げながら自分より目上のサブさんを呼び捨てにして煽る室田さん。口元についた蟹カスはそのままだ。

皆で大笑いした後、小寺部長がトイレに立った。それは部長がその日の終わりを告げ会計を済ませる時でもある。話の腰を折らぬようといつもトイレに立った時に代行を手配する。

それを確認したサブさんが神妙な面持ちで、

「マスター、俺も男だ、後輩の小寺さ土産を持たせてやる」

何かやりましょうか、と尋ねるマスターに対し、

「なに、あったら奴さは（あんな奴）、これで十分だ」

と、悪戯っぽく笑いながら、青磁の皿に散らかる蟹の殻に手を伸ばし、それを椅子の背にかけていた小寺部長の背広のポケットに入れた。冷静に事を運ぶサブさん。すぐにばれるだろうからと、左右のポケットには、控えめに少しだけ入れた。気づかれにくい胸ポケットには、室田さんから渡された、ハサミを残したままの爪の残骸を放り込んだ。

警察だけあってそのあたりの読みは深い。

それを見ていたカウンターの連中は、ある者はトイレに立った部長の動向を気にしなが

らその成り行きを見張り、またある者は口もとに人差し指を立て、他の仲間に内緒にするよう合図を送った。それに従うようにして頷き返すメンバー達。

トイレから出てきた部長は、少ししてその上着を着こみ、

「それじゃあ、ボチボチ代行の時間ですので」

と、会計をしに席を立った。

そして案の定、会計の際両脇のそれに気がついた。


「先輩、また……勘弁してくださいよ、こんな子供だましみたいなこと」

そう話しながらも顔は笑っていて『まったくしょうがないなぁ』という余裕の表情と、してやったり、という自慢げな態度を見せながらあざけるようにサブさんを見る。余裕の表情を見せる小寺部長に対し、

「さすが小寺だ、やっぱり俺の後輩だけある。よく気が付いた。大したもんだ」

ほころび始めた口元を両手で隠しながら大げさに褒めたたえさらに執拗に、

「申し訳なかった」と、こらえきれない笑いをかみ殺すようにして丁寧にお辞儀までして謝ったサブさん。そうでもしなければ噴き出してしまいそうだった。

帰り際、仲間たち一人ひとりがいつも以上に気を付けてと、口々に別れの挨拶を交わす。

「よくポケットのそれに気づいたな、さすがだね」

と、だめ押しのようにして褒めたたえ握手を求める者もいた。

学芸会の主役を務めた部長は、いつも以上に別れを惜しむ丁寧な挨拶にまんざらでもなさそうにして奥の方の小上がりまで足を運び手を振っていた。

「イヤー今日はやられたな、コンチクショー」

少しはにかむような素振りを見せながらもすっかりスター気取りの小寺部長は、それからカウンターに座る皆の前を颯爽と横切り、

「ごちそうさん」と一言残し、「気を付けて」の意味を勘違いしながら、迎えに来た代行車へ意気揚々と乗りこみ帰っていった。

いなくなってからまた、皆で腹を抱えて大笑いをした。……さらに当たった蟹のバチ。これが今でも語り継がれる『三の丸、バラバラ蟹事件』の真相だ。

首謀者は秋田県警のお偉方だった。

翌朝部長から私あてに電話が掛かってきた。

『あの後自宅に帰り、変に生臭いという話になった。よく調べたら背広の胸ポケットから蟹の爪が出てきた』という報告だった。知っていたのかと聞かれたので、『サブさんが、部長の奥さんへお土産だ』と話しながら胸ポケットに入れた旨を教えてあげた。

『クソー、あの悪徳警官め、秋田県警の闇は深い』と、唸るように訳の分からぬことを口走りながらも、電話の声はどこか明るく弾んでいた。『じゃあまたね』といって電話は切れた。

懲りない面々のこんな日常が好きで、私はよく三の丸を訪れた。

春

秋田の春は一斉に訪れる。

三月になりテレビで各地の花見が報道される頃、秋田の市内にはまだ残雪が残る。みすぼらしく埃《ほこり》にまみれたそれは、冬の名残をそのままにやがて泥水となり車や民家の軒先を汚す。足元は悪く、空はどんよりと澱んだままである。時折冷たいみぞれや氷雨が降り、やがてそれは雷雨を伴う。

そんな日常を繰り返しながら季節は毎年同じようにして過ぎていく。

空はまだ鉛色なのだが、顔を過る風が少しずつ柔らかくなりそれにぬくもりが伴う頃、木々の芽は膨らみ始め、赤みを帯びてくる。同時に形を失ったあちらこちらの残雪は陽光を浴びながらその水溜まりを広げ、時折それは、最後の力を振り絞るようにしてクリスタルのようなきらびやかな輝きを周辺に拡散させていた。

そして季節に追いやられるようにして残雪は消え去り、所々にフキノトウが顔をのぞかせ、寒々とした土肌に芽吹いていた早咲きの水仙が黄色い塊となって揺れる。その脇にできた小さな水溜まりが、そこに雪があったことを伝える。

空一面の青空が人々の心を掻き立てる。

春が来たぞと背中を後押しする。

雪は姿を変えながら冬の別れを告げ、季節はゆっくりと春へ向かっていった。


四月上旬、あちらこちらの塀の向こうに様々な花が咲く。梅、桃、木蓮、マンサク、コブシなど、知らない花まで数え上げればきりがない。それらが一斉に咲き出す。ありきたりの四文字熟語そのままである。百花繚乱の中、そのどれをとっても一つとして同じものはない。種類は同じであっても色も違えば形も違う。たまに知ったふうにして、

「きれいな梅ですね」などと話せば、

「これはボケの花で梅はあちらです」と恥をかく。

そんな住宅街を眺めながら今日もあのカウンターへと足繁く通う。

中《なか》さんと男鹿の春

「よう、アッちゃん（私の事である）、山菜はまだだが（まだかい）」

とマスターが出迎えてくれた。

「んだね、そろそろチェックを入れなきゃね、何か採れたら持ってくるから」

確かにここ数日の陽気で、だれもが気にかけるところである。草花もそうだが山菜も一斉に芽吹き始める。こればかりは人の後に行ったところで何も残っていない。残っていたとしても人より少しでも早く口にする事に春の山菜の価値があり、初物でなければそれは半減する。

そんな会話をしているところに常連のナカさんが現れた。

ナカさんは会計や税に携わる仕事をされていたが、個人でやられているのか会社勤めなのか、はっきりと尋ねたことはない。ただ比較的自由にあちらこちらを飛び回っているように見受けられた。この店や、カウンター会の個人経営をしている仲間の経理に携わっていたことは、まわりから聞いて知っていた。年齢は私よりはるかに年上なのだが、そのバイタリティ溢れる行動は年齢を感じさせない。海へ山へと一人で出かけて行っては何かしらの手土産を持ち帰る。それは春の山菜、秋のキノコやクリ、海ならば漁師から仕入れた地元の貝や魚、海藻類とか、そんな按配である。

ナカさんとはいつもそんな海や山の話をしながら飲んでいた。中々の酒豪でもある。

「アッちゃん、久しぶり、山さ行ったが」

早速出されたおしぼりで顔を拭きながら、何やらカウンターの前にビニール袋を差し出した。

「ナカさんこそ久しぶりです。おっ！　早速これは何ですか、どこさ行きました」

「当ててみれ」

「うーん、わかった、男鹿だすべ、行者ニンニクだ」

袋の中にうっすらと確認できる細長い緑色の葉と、ニンニクの臭いですぐにそれとわかった。

「さすがだな、そのとおり、でも少し大きくなりすぎていたな」

そう答えながら持ってきたその袋を開けて見せた。


三月の晴れた日、男鹿半島は南東から注ぐ太陽を独り占めにしながら、海の向こうに浮かび上がる。残雪を湛えた寒風山がそこだけスポットライトを当てられたように白く反射し、頂上にある展望台を照らしている。遮るものなど何もなくたっぷりと注がれる日差しをうけて、男鹿半島の春はその始まりが近隣の山より少し早い。三月の終わり頃、道外れの殺風景な山肌に咲く水仙の花に誰もが足を止め、春の訪れを確認するように辺りを見渡す。吹く風はまだ冷たいが、所々の窪地に咲いている福寿草は手をつなぐ黄色い帽子の園児たちのようで愛らしい。その雑木林の松の合間からは、日本海の荒波が純青の海に飛び跳ねる兎となって見え隠れしている。行者ニンニクもその頃に若葉を伸ばし始める。

四月になるとそれはピークを迎え行者ニンニクの他にもサシボ（イタドリの芽）やアザミの若葉、笹竹などいよいよ初春の山菜たちが顔をそろえる。生まれて間もない鶯たちも吃音のようにして片言のさえずりを披露し、途絶えながらのそれは春を待ち望んだ人達の耳を楽しませ心を和ませた。

行者ニンニク

行者ニンニクの臭いは強烈である。ニンニクとは言っても普段口にする球体のものではない。ただの葉っぱである。

昔、共同募金をした際に貰った緑の羽根のような形をしている。生えているその葉から臭いを発することはないが採取した後、暫くしてから強烈な臭いに襲われる。それを袋詰めにして車内におくとニンニクの甘くぬるい、口の中に粘り付くような臭いが車中に充満する。男鹿で採取するそれは海沿いを走る道路から山の方へ入った、いくらか傾斜がつき始めた松林や雑木の中にあった。下草の所々にまとまるようにしてあり（これは当時の話で現在では松林も松くい虫にやられて朽ち果て採取場所も無くなった）、地面から一本ずつ少し反り返るようにして生えていた。大きくなればそれが二本、三本とわかれたりもするが、山菜としていただくのは出始めの十五センチ程度のものである。

ただ、この生息地には、行者ニンニクによく似た別の植物の葉がいくつかあり、それらも同じようにして群生しているので厄介である。

そんな時は臭いを嗅いでみる。

抜いた直後のその根元は網目の袋に包まれ、鼻に優しく近づけるとまだほんのりとしたニンニクの臭いが漂う。鼻風邪でもひいている人ならば、その根元の茎を少しかじってみればよい。それ特有の辛さと口の中にいつまでもまとわりついて離れない、まだるっこいニンニクの風味で風邪どころではなくなるはずだ。

すぐにそれだと識別できる。峻烈を極めるその個性は、春の陽光と共に人々の記憶を呼び起こし、早く会いに来いと私たちを誘う。

ナカさんが開いたその袋にマスターが顔を寄せ軽く臭いを嗅いだ。

「おー、やっぱり自然のものは強烈だな」

そう話すと厨房から弟子の大輔君を呼び、手にした袋を渡して何やら一言二言指示を出した。

厨房を任されているのはまだ修業の身である大輔君である。

時々奥の方から小皿をもってカウンターへ顔を出す。マスターがその小皿を口に運び吟味する。それなりの年月を経ているので一通りのことはできるが味付けの修業として厨房を任されていた。口数は少ないが、話せば愛想がいい気の良い若者である。

暫くして皿に盛られて料理が出てきた。

豚バラ肉と一緒に炒めたそれは行者の葉が豚の脂で艶々と緑色に輝き、しおらしく豚肉に絡まるようにして皿へ収まっていた。塩と胡椒だけのシンプルな味付けだがバラ肉の脂と行者ニンニクの相性は絶妙で、あれだけ悩ませた、甘く、まだるっこいニンニクの風味も料理の隠し味となって影を潜める。

大ちゃんが運んできたそれをひとつまみ口にして、サッと一振りしたマスターの醤油の香りが食欲を誘う。

袋の中いっぱいに見えた行者ニンニクだったが炒めれば大したボリュームでもない。後から席についたいつもの皆さんと少しずつ分け合いながらナカさんが持ってきてくれた男鹿の春をいただいた。

豚バラ肉と行者ニンニクのシンプルなマリアージュは想像以上の出来栄えで、マスターが勧めてくれたよく冷えた辛口の白ワインが絶妙だった。

カツオの話

ちょうどその日は、初ガツオと称する春ガツオが入った日でもあり、マスターが皆の前で包丁を振るった。秋の戻りガツオより自分はこちらが好きだと話しながら立派なカツオがまな板の上に載せられた。血合いの部分は丁寧に取り除かれ、研ぎ澄まされた包丁でたちまち解体されていく。カツオほど包丁の切れ味で味が変わる魚はいないと、昔読んだ本に書かれていたのを思い出す。

ザクロのような艶を持つ戻りガツオのようにはいかないが、その落ち着いた赤い切り身は、すり下ろされた大蒜《にんにく》とワサビが載せられた皿に盛り付けられて皆にふるまわれた。

よく見ると、私とナカさんだけに刻まれた行者ニンニクがひとつまみほど添えられていた。ワサビと大蒜の間に挟むようにして載せてある。

この時期のカツオは、しっとりと貼り付くような舌触りと、なんの癖も持たないさっぱりとした味わいが後を引く。生臭さやえぐみなどを感じることなく、ただカツオのボリューム感とのど越しを楽しむ。

葱や生姜、ワサビに大蒜など、薬味との相性を味わいながら旨味だけを口の中に留めて喉の奥へ落ちていく。


カツオは大蒜でいただくのが私流の食べ方である。この時期のカツオの味わいと、大蒜の個性的な風味が調和して、もう一つの何かが生まれる。醸し出される独特のコクのようなものが漂い、やっぱり旨い。

ワサビでもいただいてみる。素材が良いのでどう食べても旨い。ワサビにはワサビの個性があり、ちゃんと自分を主張しながら別の一品のようにしてそのカツオを演出してみせた。

さて限られた刺身の中でこの行者ニンニクをどうしてくれようかと迷う。

刺身の数は数切れしか残っていない。

せっかくマスターが添えてくれたのだからとほんの少しだけそれに載せ、口に運んだ。

瞬間！　大人しく上品にしていたカツオが驚いたように口の中で暴れ出す。行者の暴挙に我を忘れたカツオは早く飲み込めと私に指図する。指示されるままにゴクリと飲み込みそのあと酒をあおって胃の中に収めた。

想像はしていたが、やはり私の口には合わなかった。

行者ニンニクを生で食べるという行為は、残酷でおぞましい世界となる。

調理する相手は豚バラだけでよい。

胸やけのようなモヤモヤを引きずる私の隣で、

「うん、これも中々いけるよ、マスター」

と言い放つナカさん。

生の行者ニンニクをカツオに挟んで食べるナカさんをしみじみ眺めながら、やはり手練れの山菜採りだと感心した。何でも躊躇なく一度は口にする。

下浜長浜

市内から国道七号線を南へ走る。雄物川という一級河川の橋を渡ればその右手に日本海が見える。そのまま松林が立ち並ぶ海沿いを一五分ほど車を走らせる。天気の良い日は真正面に鳥海山を仰ぎながらのドライブとなる。この日もそんな陽気だった。山肌にまだ雪を残し、頂から西へとなだらかに延びていく稜線は大きな空母の滑走路のようにしてそのまま日本海へとつながっている。山頂の辺りは空と霞の中に隠れているように思えたが、よく見るとその目線のはるか上に浮きたつようにして顔を覗かせていた。それはいつか乃木坂にある美術館で見た、著名な画家の山水画を見ているようで思わず感嘆の声がでる。

国道に立ち並ぶ松の木は防風・防砂のための松林だがそのすぐ向こうは海である。

時折見え隠れする水平線は打ち寄せる白い波と砂浜のずっと向こう側に、空のふもとのようにして一本の青い線として横たわる。柔らかな日差しは、もうすっかり春が来たことを告げながら車窓からの景色を楽しませてくれた。

市内から約二五分、やがて小さな集落に入る。

秋田駅から羽越線で四つ目の駅にあたる下浜という地域である。

そこの一集落で、長浜という場所に到着した。

集落の入り口にある信号を左へ曲がり羽越線の踏切をわたる。

数件の住宅を抜けてダラダラとした坂を上っていくと左右に三メートルほどの竹藪が密集しており、その傍らに地元の人たちの畑が点在する。

見晴らしの良いそこが、坂の頂点だ。

振り返ると日本海が一望できる。車なのでそこへ着くまで数分もかからない、そんな距離である。今度はその坂を下り、やがて視界が開け、田んぼが見えてくる。

小さな山々の隙間を埋めるようにしてそれは広がっていた。

春の景色を確かめるようにしながらノロノロと歩くようなスピードで車を走らせる。

見渡すと田んぼのあぜ一面に、フキノトウが開いている。すでに薹が立ったようなものもある。土手は菜の花の黄色で溢れるようにして盛り上がり、時折そよぐ春風が、黄色い蝶々が舞っているようにその花の一つ一つを小さく揺らしていた。道端には湧き水があり、その水飲み場にはセリが顔を覗かせる。突き刺した塩ビ管からはちょろちょろと雪解けの湧き水が流れ、水溜まりとなった手前の棒の先には誰かが置いたコップが掛けてある。その縁で水仙の花がひと塊となって咲きながら水面の中にその姿を映し出していた。

先ほどから、のろのろ走る車の先でつがいの小鳥が遊んでいる。どこからか現れて、少し先に止まっては飛びたちまた道端に止まる。それを交互に繰り返す。道案内をしてくれているようでもあり、やはり遊んでいるようにも見える。

春は小鳥たちの恋の季節でもある。

幾度となくそれを繰り返しやがて何処かへ飛んでいった。

目的地へと急ぐ。舗装された道路が砂利道に変わり向こうに小川が見えてきた。その少し先の上流に初物の笹竹があるはずだ。車は途中から農道を離れ、その小川に沿うようにしてゆっくりと走る。

すぐそこに見えている目的地を前にして、車一台がやっと通れるだけの細道を慎重に進む。はやる気持ちを抑えながらどん詰まりとなる少し手前に車を止めた。

背広を脱ぎ会社のジャンパーに着替え長靴に履き替える。

背丈くらいの笹薮が川辺に沿うようにして広がっている。

笹竹とアザミ

笹薮は少しぬかるみのある細道を挟むようにして自生している。

傍らはすぐ川で、道を挟んで片側は山の傾斜へと続く。その山の水が地中を伝って川へと注がれている。道がぬかるんでいるのもそのせいだ。けれどもその豊富な水のおかげでここの笹竹はよそより早く顔を出す。早速スーパーの袋を手にしながら道を歩く。

あった、あった、あちらこちらに笹竹が伸びている。春の陽ざしを浴びながら、ぬかるむ道端と笹薮の際に、好き勝手に生えていた。

正確に言えば、「笹竹の筍」というのが正しい。笹竹とは笹の種類のひとつであり、筍としての名前ではない。しかし地元ではお構いなしにそれを笹竹と呼んでいる。

収穫する笹竹の長さはちょうどボールペンほどで、根本の部分はそれを少し太くした程度のものが多い。

少しでも根元の太いものをと探し出しては、袋の中に放り込む。時には笹薮の中を覗き込むようにしてそれを探す。採ってからが手間のかかる笹竹は、少しでも太いものを選び、数を揃えてボリュームをアップさせたい。そうすることで、採る本数をいくらかでも控えたい。

何せ笹竹はそのほとんどが皮であり、食する部分は限られる。だから袋いっぱいに採ったところで食べられる部分は三分の一程度である。一本当たりのボリュームは悲しいくらいわずかである。

採るのは比較的容易い笹竹だがその皮むきが大変である。頭の部分を包丁で半分ほど斜めにそぎ落とし、そこから爪を立てむいていく。

出始めの柔らかなそれは、か細くて繊細だ。

途中から折ってしまう事の無いように、指先に神経を集中させせながらの細かな作業となっていく。だから、沢山の筍を目の当たりにしながらも、皮むき作業は軽減したいという矛盾した思いに駆られてしまう。

皮をむく手間も考慮しながら自分で対応できる容量だけを袋に詰めこむ。一五分程度で採るのをやめた。

もう一つ採らなければならないものがある。アザミの葉である。

笹竹にこの時期のアザミの葉を入れた味噌汁は今の時期だけの一品である。詳しくは後で述べるとしてまずは道端でそのアザミを探す。

様々な野草が生え始めた中で探し出すのは容易ではないが、アザミは一度見つけた場所を覚えておくと毎年同じところに生える。だから根はそのままに葉だけを切り取り持ち帰る。

アザミにも種類があり、産毛を毛羽立たせたようなギザギザとして痛々しいものもあれば、一見それとは知れない丸みを帯びたものもある。ギザギザのそれはよく目にするが持ち帰るのは丸みを帯びたほうである。

果たしていつものあの辺りへ、と足を運んでみる。中途半端に開きかけたフキの葉の下に、まだ平らなままで地面に張り付くようにして生えていた。

隣にあるもう一株は、手の平の指先をすぼめたような形で渦を巻くようにしてその葉を立ち上げている。

未熟な、平らな方はそのままにして、立ち上がったばかりのひと塊になったそれをハサミで切り取り別の袋へ入れる。

別の形をしたアザミも、出始めの葉が柔らかそうだったので採取した。

三〇分ほどでそれぞれの収穫作業は終了した。市内から出かけて一時間と少しの出来事である。

この長浜には私の実家があり幼少の頃からの遊び場でもある。この現場の目と鼻の先に実家の山があった。山というよりは丘のような小山であるが、そこの杉木立に放置された椎茸の古い榾木《ほだぎ》から数個の椎茸をいただいて仕事に戻った。

ここまでが毎年春一番に行われる私の恒例行事であり、本格的な山菜シーズンに入っていく序章である。

夕方、会社から帰って早速笹竹の皮をむく。新聞紙を敷き、その上に水を張ったボウルを置き黙々と事にあたる。

皮は新聞紙の上に、笹竹はボウルの中に入れる。一時間近くかけてようやく終了した。

剝いてみれば一〇センチにも満たない。小さな、節々だけに濃い緑色を残したその筍はまだ華奢《きゃしゃ》で初々しく白っぽい。それゆえ筍特有のアクなどはなくそのまま料理に利用できる。

笹竹の皮は敷いた新聞紙にくるみゴミ箱へ捨てる。アザミは水でよく洗った後で、水を張った笹竹のボウルと一緒にして台所へ置いた。

明日これを三の丸へ届ける。

伸《しん》さんと猫柳

その日、店のカウンターには作り物かと間違えそうな立派な猫柳と、珍しい色の梅の花が飾られていた。少し早めに仕事を切り上げた私は、まだ誰も訪れないカウンター越しから厨房にいるマスターに声をかけ、昨日のそれを差し出した。

「おっ、アッちゃん、何もってきた、ほう、笹竹だな。早速味噌汁つくるから、ちゃんとアザミも入ってるな」

「下の方に椎茸も少し入っているから」

「よし、そしたらこれに油揚げ足して、後で皆がきたら出すから、待ってろよ」

マスターは意気揚々とそう話し、また厨房へ消えていった。

それにしても見事な猫柳である。

一つの花芽が人差し指の第一関節もあろうかという大きさで銀色に輝いていた。そのきめ細かい絹のような毛艶はいわゆる銀鼠《ぎんねず》という染色で、粋で鯔背《いなせ》なその色合いからは気品が漂う。カウンターのオレンジ色の光に照らされながら大御所の女優が着こなす毛皮のような光沢を放ち優雅にその枝を伸ばしている。

今にも零れ落ちてきそうな勢いの銀鼠たちに、暫くの間見とれていた。

「久しぶり」

そう言いながら現れたのは鈴木伸さん。市内の雑誌社で編集の仕事に携わっている。シンさんの愛称で呼ばれていた。互いに簡単な挨拶を交わしたあと、席に着いたシンさん、早速この猫柳に目をとめた。

「へー、素晴らしい、猫柳といい、この蠟梅《ろうばい》の花といい、見事だねマスター。カメラを持ってくればよかった。季刊誌の表紙を飾れる」

「おー、さすがシンさん、蠟梅とすぐわかる」

「えっ梅じゃないの、黄色い梅で珍しいと思って見てたけど。普通は赤とか白だよね」

「蠟梅といって冬に咲く数少ない花だ、香りもいい」

と、私に教えてくれたシンさん。そして、

「どこから持ってきたの、市内じゃ珍しい、象潟や仁賀保辺りにはあるのかな。あっちは早いし」

「店のお客さんで、お華の先生が持ってきてくれた。茶会で使ったものだって」

「だろうな、やはりこうやって飾れば雰囲気がある。垢ぬけているもの」

一般の雑誌や機関紙のほかに、あちらこちらに出向いては年に四回発行する季刊誌も手掛けているシンさんは様々なことに見識がある。会えばいつもそんな各地の話を聞かせてもらいながら酒を酌み交わしていた。

「ハイよ」

マスターから出された本日の先付けは、身欠き鰊《にしん》とフキの煮物、それに新ワカメの酢の物。中にある黄色い小さな塊はおろし生姜だ。共に大小お揃いの楢岡焼の器に盛り付けられていた。活け花といい、先付けといい、口にこそ出さないがマスターの春の演出にシンさんはご満悦である。原稿に目を通す職人の顔から孫とくつろぐ好々爺のような表情に変わっていた。二人で猫柳と蠟梅の花を愛でながら、それを肴にシンさんはいつもの天寿のぬる燗を、私はビールをいただく。

「シンさん、今日は初物の筍竹とアザミを持ってきたからあとで食べましょう。マスターが味噌汁にして出してくれるって」

「ほー、もうそんな時期になったんだ、それは楽しみだ。あれは出汁がいいからなぁ」

素直に喜んでくれるシンさんを見て、今日訪れてくれてよかったと自分も嬉しくなる。カウンター会の長老でもあるシンさんは仕事柄顔も広く、同年代のサブさんやナカさんの友人たちとも面識があるようで、いつもその近況報告を兼ねながら三人並んで酒を酌み交わしていた。マスターはこの長老三人をカウンター会の大三元と呼んでいた。


時間と共にいつものメンバーが顔を揃え始める。それぞれの都合に合わせた、仲間内での席移動が始まり、暗黙の了解の下で各自の定位置が決められていく。一番奥の指定席にコーチが収まり、その隣から大三元の長老三人が並ぶ。新参者の私は最年少という事もあり先輩たちが訪れるたびに入り口の下手の方へ移動した。そういう礼儀は室田さんがしっかりと教えてくれた。根は控えめで真面目な人物であるが、時々般若湯が彼を極楽へと誘う。大体いつもこのようにしてカウンターは埋まっていく。

その日も席替えを終え、コーチは自らの指定席へ、となりの猫柳の下で大三元の三人がサブさん、シンさん、ナカさんの順で腰を落ち着けた。サブさんはどうしてもコーチの隣でなければならない。なぜならそこに煙草とライターがあるから。必然の事と長老たちも心得ていた。それぞれが酒を酌み交わす中で私は下手の方へ移動し、後から現れた室田さんの隣で建設業界の話を酒の肴に飲み始めた。室田さんは硝子工事店に勤務する私にとっても大事なお客さんのひとりで、私の勤め先も仕事柄お世話になっていた。その日は珍しい事に、室田さんの相棒である小寺部長は仕事で欠席していた。しばらくしてそれぞれの会話が落ち着き出すころ、あちらこちらから小さな狼煙《のろし》が上がる。

学芸会

「ほれ、見てみれ、アッちゃん。サブさんまた口の周りに泡拭きながらしゃべってる」

室田さんが皆に聞こえるような声を出しながら私の耳元で話す。

「室田さん、わざわざ俺の耳元で話さなくともみんなさ聞こえてますや」

「おやおや、そうかい、あの年寄り三人、カウンターの大三元たちは耳遠いからなんともね、聞こえない、大丈夫だから心配するな」

先ほどから横目でチラチラとサブさんたちを見ながらまた同じような大声で話す。

そこを見逃さない秋田県警サブさん。『どれどれ、きやがったか』とばかりに少し上向きの鼻穴ひくひくさせて、笑いをかみ殺すようにして目じりを垂れ下げこちらを振り向いた。

「なんだ室田、今何がしゃべったが、俺どこはいいけんども（わたしはいいけれど）年下のおまえが、ナカさんやシンさんさ失礼なこと言うな。これ達さ、そういう口を利くもんでない」

そう言いながらやっぱり目じりは垂れ下がり顔はすでに崩れかけている。大三元の二人は顔を見合わせながらそれを楽しむようにして飲んでいる。そもそも同席している二人をつかまえてこれ達と言ってのけるあたりが失礼だと思うのだがサブさんは気にも留めない。なんたって秋田県警だから。さらに、

「奈須さん、アダも（あなたも）大変だな、こった（こんな）ハゲ相手に仕事して。ちゃんと人を選んで仕事しねばだめだよ。これなのいい加減な奴だからな」

「ふん、やがましで（やかましい）、チビ」

室田さんもニヤケた顔で言い返す。確かにサブさんの身長は一六〇センチに少し足した程度だが、他人にそれを聞かれたときは一八〇センチに少し欠けるくらいと答えているらしい。

シンさんとナカさんは時折グラスを傾けながら、なにやら一言二言の合いの手を入れ話のなかに加わる。他のカウンターメンバーは聞かないふりをしながら劇場のライブを楽しむようにして、先ほどからのやり取りにしっかりと耳をそばだてる。

今日は奥の小上がりも暇なようで、カウンター内の丸椅子に腰かけていたマスターも話のなかに加わってきた。そして突然、

「おや、サブさん、今コーチ笑った。またしゃべれば口から泡吹くからと、小さい声で今俺にしゃべった」

そう話しサブさんの隣で飲んでいるコーチを指さした。すると、いきなり振られた自分の名前に唖然としているコーチの肩を鷲掴みにしたサブさん。

「何コノヤロー、コーチ、生意気に、オメなのこうしてくれる」

と立ち上がり、コーチの席にあったライターに火をつけ襲い掛かる真似をする。サブさんがいつもやる得意のポーズだ。顔はもう完全に笑っていて愉快極まりないという表情だ。

そしてここにも一人、

「コーチ、負けるな、しっかりせ、サブなの、やってしまえ！」

カウンターの隅の方から室田さんが叫ぶ。周りの連中もはやし立てる。

こうしてカウンターの下手から端を発したそれはその名のとおり上手の方へと飛び火し、コーチのライターを伴って瞬く間に炎上した。

「サブさんやめでけれ！」

何のいわれもないままに襲われるコーチ。

その騒ぎを見て喜ぶマスター。

そうして所々にその火種と賑わいを引きずりながら、全員参加のとりとめのない会話は続いた。時々思い出したようにワッと笑い声が上がってはざわめきの中に埋もれていく。

こうしていつも、仲間を巻き込みながら賑やかに学芸会は繰り広げられていった。

「さてと」、そう言って腰を上げたマスターが厨房へ入る。しばらくしてお椀が運ばれた。塗り物のお椀に笹竹とアザミの味噌汁が盛られている。器は上品だが盛り付けは家庭のそれと同じで具沢山である。

春の味噌汁

いかにも田舎の味噌汁といった按配のそれは、笹竹とアザミの葉をメインに、刻んだ油揚げと椎茸が入っていた。

中身を箸で押さえながら最初の一口をすする。酒を飲んだ後の汁物はどれも旨い。しかしそれを割り引いても、熱々のその味は申し分なかった。たちまち皆を黙らせた。

ふうふうと冷ます息と鼻をすする音だけが聞こえてくる。

こしらえたマスターも、

「んッ旨い！」と、一言発したきり無言で食べている。

笹竹の味噌汁の作り方にはコツがある。

まずは鍋に水を張り、筍はケチることなく多めに入れる。それを鍋の中で暫く煮て筍の出汁を引き出す。煮過ぎるくらいでよい。これがポイントだ。

後は普通の味噌汁と変わらない。そこへ味噌を溶き、油揚げを入れ椎茸があればそれも刻む程度にして入れる。

最後にアザミの葉をざく切りにして放り込み、少し煮出せば完成である。


汁の中ではは んなりと浮いているアザミだが、口に入れると小松菜の葉に少し歯ごたえを加えたようなシャキシャキとした食感に仕上がっている。それはキュルキュルとした歯触りの笹竹一本一本と絡まり合い、新たな食材の触感となり口の中に広がる。

アザミのアクが味噌汁に染み出て、少し黒ずんだ色合いになるけれど、そこに筍の甘い出汁や、油揚げが持つ素材を包み込むような味わいが重なり合い、旨味となって口の中にいきわたる。さらに具沢山のそれだから冷めづらく、飲んだ後のラーメンのように腹の中を満たしてくれる。

使いかけのチビた鉛筆のような筍と椎茸、野草の葉っぱを、油揚げと味噌という素材に合わせただけの料理ではあるが、そうすることで湧き出るアザミのまろやかな風味や、椎茸の出汁、筍の甘さが旨味となり素材の味だけの野趣あふれる一品となる。伝え継がれるこの味噌汁がいつの頃、誰によって作り出されたのかはわからないが、母親を思わせるような素朴で懐かしい味がする。毎年これをいただいて、春が来たことを実感した。

事件その２（序章）

「いやー、やっぱりこの笹竹の味噌汁だ、アザミなんか普通誰も食わねべ。ただの葉っぱに過ぎないけど一緒に食べれば美味しいもんだな。油揚げもまたいい、マスターこれ最高だ」

そう興奮気味に話すシンさんを見て私の顔もほころぶ。

「んだ、んだ、コーチ、おめも（お前も）見習え、こった葉っぱでさえご馳走になるんだから」

と言いながら、ちゃっかりとコーチの煙草から一本抜き取り、先ほどのライターでうまそうに一服つけるサブさん。

「ところで」

と、サブさんが私に声をかける。

「あの部長さんは今、何としているもんだ」

と、問いかけてきた。

「今は仕事が忙しいみたいですよ」

答える私の声を遮るようにして、

「あれなの死んだ、死んだ」

と、私の隣に座る室田さんが割り込んできた。そして、

「サブさんに会いたくねがら（ないから）来ねって（来ない）しゃべってだよ、生意気な後輩だな、サブさん」

挑発するように大げさに嘲笑した。

するると、待ってましたと言わんばかりにサブさんが反応する。

「あのやろー、室田さん、あの野郎さ電話してみてけれ、あんたの先輩、大したごしゃいてた（たいへん怒っている）って電話してやってけれ」

勢いづいた二人の楽しげなやり取りは加速する。互いの目じりの下がり具合でよくわかる。

「よし、わがた、わがた（わかった、わかった）、今すぐ電話してやる」

そう話した室田さんは早速携帯電話を取り出して電話をかけた。

こうして第二ラウンドが始まった。

室田さんからの電話ともなれば夜分でも出ないわけにいかない。急な仕事の話かと思ったのか神妙な声で小寺部長が出た。

「何かあたすか、（ありましたか）」

「部長大変だ……大変なことになてしまった」

「えっ、何だすか」

携帯の向こうから押し殺すような声が聞こえる。

「サブさんが……」

と小さい声でそう言いかけて目をパチパチさせながらサブさんに携帯をまわす室田さん。

「……えっ、死んだスカ」

と、尋ねる小寺さんに対し、

「なにー、このやろー、俺なの（俺なんか）まだ死んでねー」

「うわあっ、何だすか」

と、そこで初めて悪戯だと気付く。

電話の向こうで笑いながら、

「三の丸だすか」

「んだ、今皆してあだの事（あなたの事）を噂していたところだった」

「室田がどうしても電話してやってくれって言うから仕方なく電話した、こんな夜分に電話なんかするもんでない、とあれに話しても言う事聞かない。馬鹿けだもの」

そう話すとまた携帯を室田さんに戻した。

「なーに、サブさんまた嘘ついてる。部長が今日ここにいない理由はサブさんに会いたくないからだと、正直に伝えたら、生意気だがら電話せと、おれに命令したんだ。電話しなきゃまたライターで襲われるべ。コーチはさっき、襲われそうになったんだ。もう少しでやられるどこだった」

「へへへ、賑やかで楽しそうだすな」

と、まんざらでもなさそうな口ぶりで話す小寺部長は、

「それにしても相変わらずだすな、糞サブの野郎め」

と笑いながら怒って見せた。

けれどもそれは、これから始まる学芸会第二幕の序章でしかなかった。同時に小寺部長が学芸会にキャスト入りした瞬間だった。

事件その3（襲撃）

部長の「糞サブ」発言に間髪を容れず反応を示す室田さん。

「えっ、部長。今なんて言った、先輩に向かって、あれあれ大変だ、ちょっと待って」

「大変だサブさん、あだの（あなた）後輩、今、糞サブって言った」

先ほどの、コーチとサブさんの学芸会で放ったマスターの一声と全く同じ展開で、誘い出しての手の平返しがここでもまたさく裂した。

「なにー、室田、どれその電話、俺さ貸せ」

催促された携帯電話はせかされるようにしてというか、リング上のレスラーがタッチを交わすようにしてカウンターの上手の方へ手渡されていく。

そのたびにカウンターの笑い声が拾われ部長の耳元へ届いた。

「なんだ、おめぇ（おまえ）また生意気な口ききやがって」

再度登場したサブさんに、

「ハハハ、皆さんお揃いのようで、相変わらずお盛んで楽しそうですな」

「んだ、今、あだを（あなたを）噂しながらこれから皆であなたの自宅へお伺いするべ、と話してたとこだった。室田が、『部長は俺に会いたくないから来ない』って言うから、そしたらこちらから押し掛ければいいべと話してたどこだ」

「ほー、んだすか（そうですか）、グフフ」

そう笑いながら、

「是非、来れるもんなら来てみてください、待ってますから、ガハハハ」

「おっ、んだが（そうか）。室田、マスター、部長が家さ遊びに来てけれど（来てくださいと）、なんとする」

「おう、行グベ、行グベ」

室田さんが騒げばカウンターの皆も行け、行けと賑やかにはやし立てる。

「ハイ、ハイ。家族皆でお待ち申し上げてます、来れるもんなら是非どうぞアハハ」

「どれ、せば（そうしたら）、皆で奥さんの顔を拝みに行くことになったからな、奥さんさ宜しくしゃべっておけよ」

そう冗談のように話をして今度はその携帯をマスターへ回した。

「イヤー、部長、夜分にご迷惑おかけしました。まずこれに懲りずに又、店の方へ顔出してください。おやすみなさい」

と、どこまでを真面目に話しているのかわからない丁寧な口調で電話は切られた。

小寺部長は秋田駅から二駅ほど離れたところに住んでいて、夜間でも車で二〇分以上はかかる市内の団地に一戸建てを構えていた。

カウンターの仲間が一人、二人と帰るなか、数人いた小上がりのお客さんも会計を済ませる。

「せば、マスター、タクシー呼んでけれ」

「あれ、サブさんお出かけ？　何方まで」

「部長の家さ行くに決まってるべ、あれなの（彼は）絶対来ないと確信しているから、これから夜襲かけるべ。暇だし皆してからかいに行くべ。室田もマスターもほれ、シンさんもあべ、行くべ」

この連中のこのような話はすぐ決まる。

「それもそうだな、面白そうだし、びっくりさせでやれ」

時計の針はもうすぐ一〇時を指そうとしている。

片づけは大ちゃんに任せてタクシーを呼び、五分もかからず現れたそれに乗り、そそくさと学芸会幹部たちは消えていった。

翌日小寺部長から私の携帯に連絡が入った。

「やられた」

開口一番そう話し、

「あん畜生ども来やがった。まさかと思いきや玄関を開けたら、四人雁首揃えて立っていた。しかもサブさん、あの夜中にいきなり『秋田県警の者です』って周り近所に聞こえるようなおっきい声だして、たまげたな」

さらに、

「サブさんとマスターが奥さんへご挨拶に伺ったと話せば、室田さんとシンさんは、部長自慢のゴールデンレトリバーを見に来たと言う。うちのバカ犬が近づいて行けばそれをからかい騒がせるし、娘や女房は息を殺して奥の部屋でじっとして、何事かと心配しているし、だいたい、普通あの夜中に人の家へ尋ねるか、しかも一〇時過ぎだよ、電話の冗談真に受けて、考えられるか、普通」

あきれたようにして笑いながら一気にまくしたてた。

「で、そのあとどうなった？　家でまた飲んだの」

「まさか、何とか今晩だけは見逃してくださいと謝って、マスターからお土産のいぶりガッコもらったくらいにして、そのままお引き取り願ったさ、もっともタクシー待たせていたから連中もはなからそんな気は無かったろうけど。犬は騒ぐし……奴らが来て喜んだのはうちのバカ犬だけだった。いずれえらい目にあった」

そこまで話し終えるとやっと落ち着いたらしく、そのあと少し仕事の話をして、じゃあまたねと電話は切れた。

当時、カウンターに居合わせた客の証言に基づくと、一本の電話がもとで急遽秋田県警の上層部が動いた。出版社の編集者を引き連れ、地元建設会社所長を同行させながら深夜にもかかわらずその配下にある下請けの部長宅へガサ入れを敢行した。防御の為に、隣には出刃包丁を忍ばせていたかもしれない料理人まで従えて……事のあらましを火曜サスペンス風に説明すればこのようになる。

しかし、そこにはよくありがちな『スキャンダラスで、多くの謎に包まれた不可解な出来事』などあるわけもなく、当時、その件について誰かに尋ねられた当事者たちはフフフと意味深に笑うだけで多くを語ろうとはしなかった。そもそも語ることなど何もない。これが今でも語り継がれる『ポプラ団地襲撃事件』の真相である。まだ皆が若かった頃の話だ。

山菜の話

山菜が振る舞われる三の丸のカウンターは春の草花と共に五月下旬頃まで続く。行者ニンニク、笹竹とアザミの味噌汁やバッケ（フキノトウ）味噌、その天ぷら、などが春初め、三月の終わりから四月にかけての料理である。もちろんすべて地元産である。そうして迎える四月中旬からは、入れ代わり立ち代わりの山菜三昧となる。

そしてその山菜の食べ方も多種多彩である。

まずは天ぷらである。

タラの芽、コシアブラ、出始めのミズや、コゴミ、イタドリの芽などが薄い衣をまとい、からりと揚がる。歯でその音を楽しみながら、揚げたてのそれに一塩をして口へ運ぶ。天つゆにチョンと浸していただくのも悪くない。

天ぷらは、コシアブラやタラの芽、それに似たハリギリなどの木の芽タイプと、ミズやコゴミなどの葉物タイプとでその味わいが異なる。

アクの強い木の芽タイプを生でかじってみると強烈な苦みや渋みに襲われるが、天ぷらでいただく事でそれらは素材の旨味とコクに変身する。

嫌味の無いほろ苦さは素材それぞれで異なる。始めは控えめにして後から一瞬、こみあげるような苦味を楽しませてくれるものもあれば、タラの芽のように程よい苦味と歯触りを楽しませてくれる素材もある。そのどれもが複雑で味わい深い。それぞれの強い個性を、一つまみの塩が更に引き立たせる。

葉物は一皿の中の華やかさだ。

くるりと頭を丸めた出始めのコゴミやばっけ（フキノトウ）、親指ほどのイタドリの芽など、葉物の山菜の天ぷらはそのどれもが出始めであり小ぶりである。

天ぷら専門店であれば、一品ずつ揚げたてをいただくところだがコース料理の場合はそのようなわけにはいかない。

盛り合わせに、一〇センチを超えるほどに成長した山ワサビの花やミズの天ぷらを一つ添える。広がりかけた葉にうっすらと衣をまとわせたそれは他の素材より少し大振りで、ネタとしての存在感と共にいただく者の興味をそそる。その傍らに先ほどの小ぶりな葉物や親指ほどのタラの芽を並べて天ぷらの一皿は完成する。それは旬の食材を演出するコース料理の一品となって客を満足させてくれた。

一つ一つが控えめな味わいの葉物は、できれば出汁のきいた天つゆでいただくのがよい。山菜の天ぷらは、その音と鼻に抜けていく風味で春を想わせる。

山菜の中には一つの品種でいくつもの料理が味わえるものもある。

天ぷらで楽しむコゴミやタラの芽はサッと湯がいて胡麻和えも旨い。ウドの酢味噌和えは、それに少し和辛子を加えると味が引き立つ。その皮を使ったきんぴらは牛蒡のささがきのような触感に、ウドのえぐみを口に残して強い香りが鼻孔をくすぐる。

背丈が四〇センチほどに伸びたミズは、その茎の皮をむけばどのような料理にも合う名脇役だ。

やがて春本番になるにつれて木の芽系は姿を消し、葉物系が主体となる。地元の呼び名でホンナやアイコ、シドケにワラビ。ざっと挙げるだけで十や二十の名前は出てきそうだ。時期が過ぎればアザミと同じで、雑草の一言で片づけられるような代物たちだ。

しかしその中にはひと手間加えることで単品として味わえる素材も多く含まれている。その時期の葉物の大半はお浸しでいただく。ただその食べ方はそれぞれで異なる。

生醤油をかけていただく人もいれば出汁醤油がいいという人もいる。

私の食べ方は、山菜のお浸しにアクセント程度の下ろし生姜と鰹節をふりかけ、出汁醤油をかけていただく。母親がいつもそのようにして出してくれていた我が家の食べ方だ。これが旨い。不思議なことに、生姜のストレートな味は鰹節の風味と相まって苦味、えぐみ、甘みなどを含んだ山菜の複雑な味わいに調和する。

ピリッとした生姜が一箸ごとの山菜の味を明確にして楽しませてくれる。

秋田県の羽後町で育ったコーチはワラビ以外の山菜は牛や馬の食いものだと言い放ち食べようともしない。マスターいわく、目玉焼きと豆腐とワラビを食べさせておけばいい奴だからと笑う。そんな話に耳を貸すこともなく、そのしゃくれた顎で今日もマスターにワラビのお代わりを催促するコーチである。

盛り付けられた山菜を見ればどれも緑一色の皿で、食べ方も同じではあるが、口の中に入れた瞬間、それがどの山菜の味なのかがちゃんとわかる。

紅葉の中に様々な赤がひしめき合うように、山菜の緑の中にも様々な味わいが繰り広げられる。


店では、食べられる時期が比較的短いアイコやシドケ、ホンナがお浸しとして出され、先付けの一品として好まれていた。正確に伝えれば三種類とも正式名ではない。アイコはミヤマイラクサと言い、漢方では蕁麻《じんま》と呼ばれている。葉や茎に細かな繊維のような棘があり、それが手や体に触れると痛痒い。蕁麻疹の蕁麻はここからきている。シドケはモミジガサと言われキク科の仲間である。その葉は艶がありその名のとおり濃い緑をしたモミジの形をしている。ホンナも同じキク科でヨブスマソウと呼ばれ、その葉はスペードの両脇をとがらせたような形をしていてすぐにそれとわかる。

アイコは癖がなく野菜の甘みを感じさせるような一品である。他の二種はキク科という事もありキク科特有のえぐみを放つのだがその味わいはそれぞれに異なる。

そのどれもが煮浸しやお浸しの定番であり、主に山深いところに生えている山菜である。不思議なことに同じ山菜でも、深山育ちと里山育ちとでは生育状況に差が出る。そしてそれは味の差となってそこに甲乙の序列ができる。深山育ちは茎が太くて短い。芽吹いたばかりのそれはまだ初々しく、どっしりとした見た目のその茎基は、まだ白くて若い。しかし、山菜はその出始めを良しとする。

深山の山菜は未熟でも大人の小指ほどの太さがあり、瑞々しく山菜の香りと旨味をたっぷり蓄えたジューシーな味わいとなる。適度な歯ごたえに柔らかさも兼ね備えているが、その時々に、もって生まれた山菜の強烈なアクを放つこともある。それはお浸しや煮浸し、木の芽の天ぷらだったりするのだが一瞬、味付けの出汁を上回るえぐみが口の中に広がりたじろぎそうになる。しかし峻烈ともいえるそれは、それぞれの山菜に色濃く凝縮された個性であり、深山の山菜の特徴でもある。だから客の食欲をつかんで離さない。

里山のそれは身近に採取しやすい分、量も多く採れるが、その中には大小まちまちな生育状態のものが混じる。近場に生育しているホンナやアイコ、シドケは深山のそれに比べ細い分、所々に少し筋張ったところがある。普段私たちが口にするのはこちらの方だが瑞々しさが劣ることもあり、口の中に残る余韻が物足りない。食べるだけならば、充分それなりに楽しめる贅沢な一品だが店に出すとなれば客に与えるインパクトは弱い。

料理として、少量で皿を彩るには深山育ちに比べ貧弱である。

客は想像を上回るようなものをいつも好んだ。

お花見1

当時、通常であれば千秋公園の観桜会は四月二〇日から開催された。屋台が出て提灯がともり、昼も夜も関係なく大勢の人達がそこへ集まる。

毎日が花見のようなカウンターの連中も、周りの行事に乗り遅れてはならぬとお花見を企画した。てんでに好き勝手を言いながら、

「ところで今年の花見はなんとする」

「昼ならいいけど夜だとまださびべ（寒いだろ）」

「俺だば飲めればいい」

「んだ、んだ、いつでもどこでも、関係ない」

あでもないこうでもないと、日々花見の打ち合わせを重ねるのだが次の日も、また次の日も話のスタートはやはり同じところからで、途中からいつものバカ話にかわり、カウンターで賑やかに過ごした後、『じゃあそういう事で』とお開きになる。

『そういうこと』が問題で、つまり『後日またその件は打ち合わせましょ』という意味に他ならないわけだが、ガヤガヤと飲みながらの話ではらちがあかない。最後は、

「面倒くさい、休日、ここさ集まってやればいいべ」

という長老大三元の鶴の一声で、この店で開催することに決まった。その代わり花見だからという事で、いつものカウンターを離れ奥の小上がりを開放してもらい対面形式での飲食となった。さらに、その規模だと客の入り数が半端になるという事でマスターにお任せして店の関係者や馴染みのお客さんにも声をかけてもらうことにした。

「奥の小上がりなら千秋公園に五メートルは近づくし。まあ、良しとするべ」

県警のサブさんが言えば、

「便所も近くなって大した良い」

と雑誌社のシンさんもうなずく。

「じゃあ、俺はその辺の山で当日食べる山菜でも仕込んでくるか」

ナカさんも仕事そっちのけで本気モードに入る。

こうして結構な人数が集まる大規模なお花見行事となっていった。

それはとある日曜日に開催された。

午後三時からという案内もお構いなしに、コーチは二時少し前に訪れていつものカウンターの隅で勝手に飲み始めていたという。

私が到着した頃には、開放された小上がりに長く一列に続いたテーブルが連なり、大皿に盛られた料理が間隔を保ちながらが並べられていた。煮物や漬物など花見らしい料理が並ぶ中、所々にコンロが置かれ鍋がセットされている。普段目にすることの無い焼きそばやナポリタンなどもあり興味をそそる。作務衣風のユニフォームに身を包み接客にあたる仲居さんは秋田大学の学生アルバイトさん達だ。彼らも今日は途中からお花見に加わるという事でその雰囲気を楽しんでいる様子だ。もちろん鼻の下を伸ばした小父さん達はそれ以上にリラックスというか、すでに舞い上がっている。

行儀の悪いいつものメンバー達はバイトの彼女らを冷やかし、酒の肴にしながら、カウンターで自分のボトルを開けて舞台が整うのを待っていた。

結局その日は、他のお客さんや店の関係者など総勢五〇名を超えることになり急遽、店の奥座敷の襖も取りはずされた。定刻に近づく頃それぞれが案内され席についた。隔離されるように案内された我々集団はもっとも便所に近い、座敷からは一番遠いところへ招かれる。最後までくだを巻いている連中は一番厨房に近いところへ置かないと片付けが大変である、ということらしい。

鰻の寝床のような通路の真ん中でマスターが簡単な謝辞を述べ乾杯の発声となった。盛大な拍手と高揚した歓声の中、ポツリポツリと空席はあったが遅れる人を待つことなく定刻にそれは始まった。

カウンターの面々は乾杯の時こそ歓声を上げたものの、その後は便所わきの小上がり地帯でヒソヒソと話をしている。まだメンバー全員が揃わない事もあるが、何より他のお客さんも見えているという事で、いつもとは別の面持ちで酒を酌み交わしていた。

皆、仕事の席でもあるかのように自らが会社で持つ肩書どおりの立ち居振る舞いで政治や経済の話をしたり、業界のレアな話を声を潜めて話したりと普段とは違った雰囲気である。しかしそれはそれで面白い。その話は生業が異なるほど様々で多岐にわたり、話題に事欠くことはなかった。それぞれが語る業界の裏側が興味深くて皆で身を乗り出すようにして聞いていた。対面式ならではの会話である。

自ら経験してきた者にしか語ることのできない出来事がある。手垢にまみれたその一瞬を、辛辣ではあるが琴線に触れるような煌めきのある言葉で熱く語ってくれる人もいれば、今まで誰にも話したことの無い、あきれるような失敗談を「今だから」と前置きをしたうえで披露してくれた人もいた。そんな話をいくつも聞くことができた。

一同が耳を傾け、頷いてみたり、尋ねてみたりしながら静かな盛り上がりを見せていた。じっくりと聞きながらそこからまた話を掘り下げていく。誰かが関連の知識を披露する。そういえばこんなこともあったと、他の誰かが話し始める。澱《よど》むことなく繋がっていくそれは、上手に話すという事は上手に聞く事でもあると改めて教えてくれる。

そこからはここにいる人たちの人となりがうかがえた。そんな時は皆仕事の顔になっていて、いつもの呑兵衛たちは実は一廉《ひとかど》の人物だったと実感させられた一コマでもあった。

ミズの話

盛り皿の料理の中にカブとミズの浅漬けがあった。純白のカブにミズのさわやかな緑が映える。ところどころに見え隠れする黄色い柚子の刻みがそれに花を添える。薄塩の味付けにまろやかなカブ本来の甘みが引き立ち、しっかりとした歯ごたえを感じる。ミズのシャキシャキとした食感と共に、かすかに漂う柚子の香りが皆の口を満足させていた。

それは先日マスターを案内しながら二人で採ってきたミズだった。秋田市郊外の里山へ昼飯持参で出かけた。好天に恵まれ、農道脇に車を止めて道端に沿ったなだらかな杉山に入った。ミズはその傾斜一帯に群生していた。感激したマスターは汗だくになりながら、大きな買い物袋がパンパンになるまで夢中になって採り続けていた。頭にタオルを巻いて、傾斜の中腹に腰を下ろし動物園の熊のような恰好でそんな袋を二つ、三つと束ねていた。一時間ほどで作業を終え青空の下でさえずる鳥の声を聴きながらお昼にした。疲れたマスターは駐車した車を背もたれ代わりに昼食をとり、それでも嬉しそうに「葉っぱは天ぷらで、茎は漬物や煮物料理に使うんだ」と話してくれた。夜型の生活から解放されたそのひと時を充分に楽しみ、一つ一つの料理をイメージしながら食材の宝庫としてこの場所を満喫していたのだろう。あの時のミズがこうして料理として出され、皆さんに喜んでもらっている姿を見てマスターの気持ちが伝わってくるのを感じていた。

同時にあれだけ持ち帰る理由もよく理解できた。大勢でいただけばたちまちになくなる。

ミズは正式名をウワバミソウと言い七月過ぎまで食することのできる息の長い山菜である。成長したそれは葉をむしり、薄皮をむいた茎の部分を食べる。シャキシャキとした歯ごたえの中に粘り気を含み、無味無臭で癖がないので他の食材によくなじむ。

春先、出始めの茎を塩コショウで肉と一緒に炒めてみたり、冷蔵庫でよく冷やして真夏にいただく胡瓜とミズの浅漬けやミズ叩き（ミズを叩いて粘り気を出し、すりおろした長芋を少量合わせてトロロ状にして味噌や出汁醤油で味付けしたもの）などは清涼感に溢れる逸品といってよい。それらを肴に夏の炎天下に飲む冷えたビールは格別である。収穫が終わるころ、ミズの葉の根元には茶色い小さなこぶがいくつも連なり、地元の人はその部分だけを集めサッと湯通しをする。それを数日間出汁醤油に漬けて食卓に並べる。こぶの中に出汁醤油がしみ込んで、適度の粘りとその風味が白米によく合う。その時期だけの、ひと手間かけた貴重な一品だ。

ミズはこだわりや豪華さこそないが、素朴な郷土料理のご馳走として日常の食卓を楽しませてくれる息の長い重宝な山菜である。

花見もたけなわを迎えたらしい。両手にお銚子を抱えながらあちらこちらへとご挨拶に回る他の常連さんをしり目に、こちらのひそひそ話はさらにその内容を深めていった。

幸いにして便所が隣にあるのであちら様の方からご挨拶に来てくれる。こちらは声がけしてくださる皆様に座ったまま会釈をするだけでよかった。

お花見2（純ちゃんと精力剤　R45）

「だから、その薬の半分をちゃんと説明書通りに使用すれば凄いことになるんだって」

と押し殺すような声で話すのは調剤薬局を経営する鶴山さんである。ジュンちゃんのニックネームで呼ばれていた。比較的大きな体格とその顔立ちは俳優の伊吹五郎に似ている。

「ほう、やっぱり噂通りなんだ、酒飲んでからでも効くのげ（効くのかい）」

と興味深げに尋ねるのは小寺部長。

「んだがら、ちゃんと説明書読まねばダメよ、簡単に説明すれば、もともと心臓病の薬として開発されるはずの薬で、その効用の巡《めぐ》りが、たまたまあそこに効いたところから始まったこの薬だから、血行が良くなりすぎれば体に負担がかかってよろしくない」

「タマタマに効いた……なるほど」

「大丈夫、部長、あだだば（あなたなら）何でもない。半分て言わず箱ごと飲んでも大丈夫だ。なーんとあのチンチンさだばそれでも足りねくらいだ」

笑いながら室田さんが話せば、すかさずサブさんが、

「まで、まで、今奥さんさ連絡する。あだえの（あなたの家の）旦那さん、薬つかってよ

その女の人とエッチしようとしてると通報してやる」

周りの仲間に同意を求めるようにしてニヤニヤしながらからかい始めた。

「先輩、それだけは勘弁してけれ、後学のために聞いただけだから」

と、そばにあったライターを隠すようにして手に挟み、拝んで見せる小寺部長。

「いや、だめだ。ちゃんと連絡してやる。警察官としての義務だ。ただし使った後に、いつ、何処で、なんたふうにしてやったが、ちゃんと皆さ報告せ。そしたら見逃してやる」

目じりは下がり、鼻穴ヒクヒク、いつも通りの表情で、嬉しそうにして顔の下半分はすでに崩れ始めている。

しかし、唐突にそれを遮るようにして今度はシンさんがぼそぼそと口をはさんできた。表情はいたって真剣だ。

その隙に、さりげなくライターをもとの位置に戻した小寺部長、安堵する。

「ジュンちゃん、それはお店で売ってるの？　なんていう薬だって？」

「なんだ、シンさんまでいい歳こいて。この連中の、こんな話をまともに聞いたって始まらねえよ」

チャチャを入れたサブさんだがそんなシンさんの表情を確認するなり、その声のトーンも尻すぼみとなって下がっていく。何より先ほどから周囲の眼差しは、ジュンちゃんが話す次の一言に注目していて、そこにサブさんの存在は無かった。

「いや、シンさん、『ヘブンズドア55』というこの薬は医者から処方してもらうしかない。だけど、何度も言うが、これは効く。ちゃんと飲めば中々の代物だと評判だし、東京あたりでは結構な値段で、闇で売られているらしい」

「へえ、で、どんなふうに効くもんだ？」

聞いたところによれば、と前置きをしてジュンちゃんが話を続ける。

「まず酒だけど、多少は良いが、服用三〇分前には切り上げる。それから一時間ほど時間を置いて事にかかる。個人差はあるようだが大体そんな按配だ。その気になると同時に反応が現れてくる。そうだな、まずは四〇代から三〇代へと順をふみ、徐々にしおれたナマコが五五度の角度まで回復するらしい。事が及ぶにつれ、さらにあそこが若返っていく。さて、いざその時を迎える頃にはその年代はピークに達し二十歳前のニキビ面をしたあの頃に蘇る。いきり立ったそれは自らのへそを打ち、別名『へそ叩き』と呼ばれるこの薬の由来でもある」

「ほー、『へそ叩き』ってか。暴れん坊将軍お出ましだな」

誰かが口を挟むが、まんじりともしないで聞き入る周りから睨まれ後が続かない。

「それで？」

「ふむ、凄いのはそこからなんだ」

そう話すと、さらに声のトーンを落とし、

「果てない、果てしないくらいにそれが延々と続けられる。だから危ない。心臓病患者が服用できない理由がそこにある。スケベ心が勝り、喜ぶ彼女を目の前にして、我を忘れてご奉仕してしまう。高鳴る鼓動もお構いなしに精も根も尽きながらお互いに果てていく」

飲みかけのビールを口にして話はまだ続く。

「その運動量たるや、陸上競技に例えれば短距離競走で全力疾走を幾度か繰り返すほどのエネルギーを消耗する。ならばどこまでそれを持続できるのか？　……ここからがこの薬の凄いところで、発射の瞬間を自分で決められる。興奮の度合いは高まるが頭の中は聡明で冷静なんだ。もう一人の自分が現れ、女性のその姿を目で楽しむ余裕がある。完璧なる征服感、みたいなもので満たされる。そして好きな時に事を終えられる」

何かを思い出すかのようにして、少し興奮気味にそこまでを一気に話した。

「………」

少しの沈黙があって、

「おめ、……やったべ」

室田さんが覗き込むようにしてジュンちゃんを見た。

「んだ、この男絶対やった、やりあがった畜生、間違いね」

小寺部長がたたみかけ、お遊戯をする園児のように膝を叩いてはしゃいでいる。

「きっと母ちゃんとやったんだ、詳しすぎるもの」

そうシンさんが話すと、

「冗談でねえ、せっかくやるのに何で自分の女房とやるって」

「ほれ見れ、やった、やった」

ここで充満していたスケベどもの空気が和み、少しの間だが、いつものカウンターの賑わいに戻った。口々に今聞いた感想を話しだし、質問したりもした。

「ところで、それって、どれくらいまで効いてるの」

小寺部長が尋ねると皆がまた、小澤征爾のタクトに合わせるオーケストラのようにして一斉に聞き耳を立てる。

一口、ビールでのどを潤しコンダクターの話が再開する。

「終わった後はさすがに疲れているから少しの眠りにつく。二人とも、行為のあとの小さな死だ。ほんの転寝程度だが、目が覚めてまた少しイチャつき始める。すると今度はその気がないのに反応しだす。くたびれたナマコが形になってくる。女性が面白がり触れたりするとスイッチが入る。寝起きという事もあり、男性が朝起きたら元気になるそれと同じ現象がまた現れる。そして何事もなかったかのように同じドラマが繰り返されるのよ」

そこまで話し、差しだされる冷えたビールにグラスを傾け大きく喉を鳴らす。周りもそこで喉を潤す。また少し空気が澱み始める。

「そこからは征服感だけを味わうご奉仕の交わいとでも言おうか。男の中には出すものなど何も残っていないはずなのにそのファイティングポーズだけは朝まで続くんだ」

そう話して残りのビールを飲み干した。

「…………」

聞く方も話す方も、その言葉を整理し頭の中のモヤモヤを払拭しイメージする。

何もしてないのに疲れている自分を感じてる。そういう年頃（老兵たち）でもある。

少し間を置き、

「へえー、凄いもんだすな、考えられねっす」

驚きに、畏敬の念を込めたようにして小寺部長がつぶやく。それから『鬼平犯科帳』に出てくるチンピラのようにエヘヘと照れ笑いをしながら小さい声で尋ねた。

「ところで今、在庫ってあるもんだすか？　例えば試供品とか」

ジュンちゃんは皆が一番聞きたいその質問には答えず、ただ一言、

「処方箋貰ってきな」

「ヘブンズドア55（GO・GO）」の果てしない話はここで果て、逝ってしまった。

お花見3（余韻）

「相変わらず、スケベ薬剤師だな、顔から頭の先まで赤くして、いかにも好色なハゲにしか見えねえな」

いままでおとなしく耳を傾けて聞いていたサブさんがここでまた狼煙をあげる。

確かに年齢の割にはジュンちゃんの髪の毛は薄い。その時も酒がすすむにつれ顔から頭にかけて艶やかなピンク色に染まっていた。

そんなジュンちゃんを見ながら、指までさして、サブさんの冷やかしは続く。

「ところでジュンちゃん、一つ教えて頂戴、あんたの顔はどっからどこまでなんだい？顔から頭の先まで蛸みたいに赤くして境がわからね」

「やがまし、サブさんだってだんだん似てきたべ」

と笑いながらジュンちゃんが言い返すと、

「サブさん、そったごと決まっているべ、朝起きてタオルで拭いだところが顔だ」

すかさず室田さん、その話に割って入る。

「なんだ室田、そういえばおめもハゲだものな、今度からオメ達は他の者がわかるように墨のついたタオルで顔洗え、フォッフォッ」

「うるせッ、この軽率官！」

矛先が自分に向いた室田さんはスイッチが入ったように生き生きと言い返す。

どうやらすっかり通常に戻ったようだ。

少し離れた席ではコーチとナカさんが話している。

「船の単位は一艘、二艘だべ、でもボートは一艇、二艇て言うべ、なんで違うんだ？」

と、ナカさんがコーチに尋ねれば、コーチはすかさず、

「ナカさん、それは間違っている、ボートの単位は一着、二着だ」

「アホ、それは平和島の話だべ」

「アッハッハ、相変わらずの馬鹿けどもだ」

周りの連中が叫ぶ。

いつもの役者たちがまた宴会を盛り上げる。

人の話などはどうでもよい、各自が好き勝手に話しては陽気に笑いあう。

話題は尽きない。なぜなら決まって昔の話を繰り返す。飲んでからのそれは取り留めがなく、そのたびに話に尾ひれがついていく。

だから内容は前回と同じなのだが鮮度が落ちることはない。時々話の着地点が明後日の方に落ち着き、全く別の話題へと変化していく。

そこでまた新しい物語が生まれたりする。

過去の事なのか今の事なのか、朦朧として曖昧ではあるが、酒がすすむほどその会話は活き活きと輝きだし、笑い声と共に一閃を放って昇天していく。すっかり出来上がる頃にはそのほとんどを忘れ、ただ飲んで食べて騒いだというその事柄だけが記憶に残る。

使い古されたはずの話が次の機会にはまた新しい話となって登場する。

楽しい酒はそれを昇華させ、消化して、再生させる。つまりそういう事だ。

黄昏時に散会となった。

「ずいぶん日が長くなったな」

と誰かが言った。

遠くに聞こえる場内アナウンスに誘われるようにして、ゆらゆらと二の丸の坂を上がり提灯の向こうに消えていく一箇団体があった。

夕刻に合わせたかのようにして、しっかりと化粧を整えた千秋公園は、我々を春爛漫の夢の世界へと誘《いざな》う。昔かよったキャバレーを思い起こさせるようにして、ピンクの回廊の中で春風に吹かれながらいくつもの提灯が揺れている。

修一さんと鯛の話

その日は終日青空に覆われ、真夏を思わせるような陽気のなか気温はぐんぐんと上昇し汗ばむような一日だった。仕事が早く片付いたので真っすぐ店に顔を出した。五時を少し回った頃で店にはまだ誰も訪れていない。

「近頃の景気はどんなもんなの」

と、マスターが尋ねる。

風もなく穏やかで、そんな日は決まって玄関の引き戸を網戸だけにしていて、道行く人を眺めながらゆっくりとした時間が過ぎていく。

だからぼんやりとそんなふうにしてビールを飲んでいた。

それを見てマスターが話しかけてきた。

「まあまあだね、少し落ち着いてきたかな」

「休むも仕事ってね、そんなときもあっていいよ、うちも少し落ち着いてきたな」

そう話しながらもまな板に向かい、接客の料理作りに余念がない。

包丁をふるうその手は相変わらず忙しそうだ。

「ところで」とマスターがきりだした。

「鯛が釣れてるようだよ、結構いい型の鯛が釣れ始めたようだな、後から刺身で出すから食べてみれ」

「へー、もうそんな時期になったか。確かにこの天気だものね。ところでどこの鯛？」

「雄物川の河口沖だって、二〇メートルあたりの棚だから近場だよ、水温も上がってきたんだ、きっと」

そう言いながら先付けの和え物と小アジのマリネを出してくれた。それにシドケ（山菜・正式名モミジガサ）の煮浸しが続く。

芽吹いて間もない様子のそれは、まだ葉を立ち上げたばかりで茎は太くて短い。

「へー、まだこんなのあったの」

「んだ、鳥海のシドケ。修一が届けてくれた。あれもしゃべればうるさいけど山菜採りと釣りはプロだから、この時期に、そんなシドケはどこ探しても売っていない、流石だ、うちも有り難い」

顎を突き出し、お造りを作る包丁を忙しく動かしながら『凄いだろう』、とでも言いたげにニヤリと笑うマスター。どこか誇らしげでもある。

修一さんも、店の近所に住む室田さんと同じでマスターの同級生だ。数人の社員を抱え電気工事業を営んでいた。修一さん、室田さん、それにマスターの三人が揃うとカウンターはいつも活気づく。室田さんと二人で機関銃のようにしゃべりながらカウンターの端から端まで行き来し、からかったり、からかわれたり、まるで火薬のような連中だ。それがサブさんたちに引火し、コーチは相変わらずいじめられ、いるもの全てを巻き込み暴発する。さすがにママさんも制御不能。後始末に追われながら只々呆れて見ているだけだ。そんな仲良しの三人組だ。

「ほんとだね、柔らかいし、鳥海山の上の方で採ったんだな。旨い」

少しきつめのアクで懐かしい山菜の味が口の中に広がった。ついひと月前にいただいたばかりだが、春の山は里から頂へと上っていき、秋の山は頂から里へと下りてくる。山菜とはそんなものだと納得する。月日ではない。季節が変わったのだ。

なるほどと思った。鯛の一件と繋がった。あれもきっと修一さんが絡んでいる。いいタイミングで店を訪れたことを喜ぶ。

六時頃コーチが現れた。いつも通りカウンターの隅に陣取りビールを飲む。私と同じ料理が出されたが鳥海のそれに箸をつけることはなかった。

しばらくして、目玉焼きが出された。今日は野菜炒めの上にそれがのっかっていた。

それを美味しそうに頬張りながらいつも通り「あいぼう」を手酌で飲み始める。同時に
「マスター、これいらね」

と、鳥海山のシドケは退場させられた。

同じような時間帯から客足が増え始めいつも通りの賑わいを見せていく。静かな活気の中でまたマスターの一日が始まる。ママも壁の向こうで準備ができているようで飲みかけのグラスが棚の隅に置かれていた。

先ほど話にあった鯛のお造りが出される。

鱗を取り、三枚に下ろし、皮がついた切り身の部分に熱湯がかけられる。それをすぐさま氷水で冷やして、よく水気を拭き取り少しの間冷蔵庫の中で寝かせる。ひと手間かけた鯛は程よい熟成がすすみ、皮をつけたまま厚めに切られて器に並べられていた。

小皿に盛られた少しの塩と一緒に、器の隅には緑色をした小さな一片の柑橘が添えられている。

少し反りかかった鯛の切り身は、適度な弾力と皮と身の間にある脂が味わいとなり、それは旨味だけを口に残し、客の心も口も満足させてくれた上品な一品だった。

ワサビ醤油でいただいたそれも期待通りの味だったが、添えられた柑橘とほんの少し塩を落としたその一切れも新鮮で、すっきりとした味わいに鯛の脂があっさりと溶け込み、

後味の良いさわやかな風味が口の中に広がった。

季節の味わいは暦が変わるようにして山から海へと移ったようだ。

細井さんと金正丸

翌朝友人の細井さんへ電話を入れた。昨日の鯛の話をしたらすでにその情報は入っていたようで今度の日曜日に出かけるという。彼の親父さんが金正丸という釣り船を所有していた。もし入り込む隙間があったらとお願いしたら快く乗船させてもらえることになった。

この時期の秋田は一番天気が安定している。爽やかな晴天が続く日が多く、テレビで報じられる関西、関東地方の梅雨空を気の毒に思いながら初夏を楽しむ。

その日もそんな天気だった。

朝四時に目が覚め釣り道具を準備した。それから外に出て深呼吸をする。その頃にはあたりの景色も今日を迎える衣替えを終え、空は水色から青空へ、雲も白から純白へと輝きだす。

金正丸が係留される船着き場まで車で二十分ほど走り、荷物を積み込み朝の六時にいつもの船着き場から出港した。波も風も穏やかで乗員は細井さん親子と私の三人だけだ。

なのでゆったりと釣りを楽しめる。

「昨日も下浜、道川あたりの浅場で結構いいのが上がったみたい」

と細井さんが話す。

「一〇日くらい前にイルカの群れが北上していったようで、それが行ってしまえば鯛釣りのシーズンなんだ、今日は道川の手前あたりから流す予定で親父と話してきたから」

船の動力音と打ち砕く波の音でところどころの会話はかき消されたが、快調に船は進む。海上から陸を見渡せば、日曜日早朝の通りにはまだ車もまばらで火力発電所の煙突の煙がほんの少し斜めになびいているだけである。秋田市内の向こうには新緑の太平山が連なる。くっきりとした雄姿はその稜線をどこまでも延ばしながら霞の向こうで空と一緒になっている。

船の行く手には、まだ雪を湛えた鳥海山が鮮やかにそびえたつ。それは大平山を眺める目線のはるか上の方で、その頂は青空の向こうの雲の間から、日本画で描かれた薄い墨絵のようにして幽玄として浮き上がる。船はその鳥海山に向かい波を切って走る。

市内を流れる雄物川を過ぎ下浜の海水浴場が見え始めると目的地まであと十数分。そそくさと竿を出し始め仕掛けの準備をする。道糸にフックのついた天秤をぶら下げ重りをつけ、その片側にあらかじめ拵《こしら》えた釣り糸のフックを掛ければそれで準備は整う。我々の鯛の仕掛けはいたって単純で簡単だ。

フックがついた一四メートル程の長さの釣り糸には道糸より細い二号を使用し、その先に一三号の金針を付ける。その際、針から三〇センチほど離したところに直径五ミリ程度の重りをひとつ点付けにし、金針の根元には、それより一回り小さい重りと蛍光を施したプラスチックの玉を取り付ける。そこまで作り上げた仕掛けを何セットか持参していくので、現場ではフックのついたそれを重りのついた天秤に引っ掛けるだけで事は足りた。

鯛釣り

船は四〇分ほどで目的地へ到着した。

餌は大きめのアオイソメを房掛けにして使用する。

一〇センチ以上の太くて活きのいいものを五匹程、頭から順番に針に突き刺し海へ流す。一四メートルの釣り糸の針先に付けられたそれが海の中で漂い、グネグネと動きまわる餌が団子のような塊となって魚たちを誘う。

天秤に付ける重りは潮の流れで決まっていく。

この日は穏やかなこともあり三〇号の重りをつけた。

船が漂うままに道糸が出ていく。

今日の釣り場はずっと遠浅が続く砂地で、任せるままに糸を送り出しても根掛かりすることはない。八〇メートルほど糸を送ったあたりで少しドラグを強め、竿を船に固定した。高くなってきた日差しが海面を照らし始めた頃、

「朝飯にでもしようか」

と細井さんが言う。

「そうだね、慌てることもないし」

と言いかけたその時、

「ジャーッ」

鈍く重そうな音がした。糸が出ていく音だ。アタリである。すぐに互いの竿先を見た。リールがきしみ、次にまた同じ音が響く。細井さんの竿だ。すかさず手に取り三度目の音に合わせて大きく竿先を合わせた。

「でかいよ、これ」

と、細井さんが興奮気味に話した。中どおしの竿が大きく上下に振れている。巻き上げた糸が大きく長い音をたてて海へ戻される。

そんなことが何度か繰り返された。

戻される糸の音も短くなりかけた時、フッと竿先が軽くなったように見えた。

一気にリールを巻き上げあと少しのところまできて、また大きく糸が戻された。ゴンゴンと鯛特有の手ごたえが見ているこちらにも伝わってくる。

そんな場面が十数分続いて、ようやく天秤が見えてきた。

「このハリス（釣り糸）に持ち替える時が一番バラしやすいんだ」

そう教えてくれながら自分にも諭すようにして竿を立て、慎重に右手を天秤へと差し延べる。糸をたるませること無く、片手で天秤をしっかりと握りしめながらゆっくりとハリスを手繰り寄せる。

やっとその手がハリスにかかった。

先ほどから後ろでタモをもって待機していた親父さんに向かい、時折腕を持っていかれそうになりながら、

「親父、さあ、来るぞ」

と声をかけた。

三人で海中を覗く。ずっと下の方でゆらりとピンクの魚影が見えた。

「鯛だ！　良い型だ、でかい」

思わず叫びながら、細井さんと並んでいる自分の立ち位置を親父さんに渡し、慌ててそ

の辺の整理にかかる。邪魔にならぬよう椅子を寄せ、クーラーを移動しスペースを作ってその時を待った。

海に突き刺すようにして入れられた直径七〇センチほどのタモが引き上げられる。

「おー、やったー」

と、喜んで見せた細井さんだったが思ったより感動は控えめで、冷静な一声だった。後でそれを尋ねたら二〇分近く続いたやり取りで疲れていたとのこと。確かにそんな大捕り物だった。

タモの中で空回りの跳躍を何度となく繰り返しながら暴れるそれは、六〇センチを優に超える大物だった。ピンクと銀色のグラデーションを輝かせながらも中心部分は年相応に少し黒ずんだような魚体である。それでも目の上には鯛特有の鮮やかなアイシャドウが虹色に輝いていて、年増なのだろうがなかなかの美人さんとお見受けした。

しかし釣り上げた本人は何一つ気に留める様子もなく、鯛の目をタオルでふさぎながら重そうに小脇に抱えすぐにニッパーで口元の針を外し次の餌をつけ始める。親父さんが大きなバケツに海水を汲み上げ、鯛はその中に放り込まれ尻尾で空を切りながらバシャバシャと音をたて暴れて見せた。

「鯛は場所とタイミングだから、ポイントが離れてしまう前にすぐにまた次の餌を入れなければダメなんだ。うまくすれば二匹目のドジョウ、じゃない鯛が来るから」

余裕の冗談を交えながらそう話し手際よく仕掛けを海に流した。

バケツに入れられた鯛は暴れながら飲み込んだ餌を吐き出し、時折思い出したようにして尾を振ったがやがて大人しくなっていった。親父さんはそれを見計らい今度はエラに鋏を入れた。鮮血で真っ赤に染まったバケツの中で身動きしなくなったそれは、もう一度ざっと海水で流された後、大型のクーラーに収められた。クーラーの中には大量の氷と海水が入っている。

「こうやって血抜きをしておくと味が違うんだ、さあそっちも頑張って釣ってよ」

そうご機嫌に話す細井さんは、クーラーから缶ビールを出して手渡してくれた。

「乾杯だ」

コンビニの弁当と、魚肉ソーセージを肴に二人で一匹目の釣果を祝った。細井さんが美味そうに喉を鳴らした。船上での朝食は質素ではあったが、思いがけない朝一番の釣果に会話も弾む。

これから起こる今日一日を予感させてくれるようで胸が躍った。

釣りをするということは、自然の中に身を置きながら自分自身の心と向き合うことでもある。孤独だが心の豊饒でもある。仕事や家庭を忘れ、海の真ん中で無心になりながら細い糸で小さな命のやり取りを繰り返す。人や車など生活感のある景色はこの船からはどこにも見当たらない。太陽と風と海と空だけだ。

ゆっくり流れる白い雲と、はるか彼方に見える入道雲。

船は南西の風を受けながら大きな漂流物となって静かに流される。

時間が止まったような錯覚の中でプラスチックの白い椅子に身をゆだね、ずっと遠くの稜線を眺める。ぼんやりと水平線を眺める。

空のふもとに水平線がある。

太陽の方向にある水面が時折クリスタルグラスのように煌めき、我に返る。

ゆっくりと時間が過ぎていく。空のようで存であり、虚のようで実である。

その日は大漁だった。全部合わせると一〇匹以上の釣果だった。六〇センチ超えの真鯛を筆頭に五〇センチ弱の真鯛が三枚、尺クラスが五枚、足の裏サイズが二枚に四〇センチの黒鯛と六〇センチ超えのフッコ（スズキの若魚）が一匹。フッコは私が鯛の餌を確認しようとリールを巻いているときに突然ガツンと食いついてきた。

鯛とは違う手ごたえで、右に左に振られながら結構な引きを楽しませてくれた。

血抜き処理ができたのは最初の頃の数匹だけで後は釣れたらバケツに餌を吐かせて、クーラーの中へ放りこんだ。私自身、師匠である細井さんのおかげもありフッコを合わせ五匹ほど釣り上げることができた。前のめりになって釣りを楽しんだ。夕方四時頃に戻ったが日差しはまだ高く、知らないうちに顔が真っ赤に日焼けしていた。

「これほどの大漁は初めての経験で、心底釣りを楽しみました。有り難うございました」

親父さんにお礼を言うと、

「今日は潮が良かった」

と、謙遜しながら口数少ない親父さんが笑ってくれた。日に焼けたこげ茶色の顔に白い歯が印象的だった。水木しげるの漫画のなかに登場する油すましのような小柄で愛嬌のあるいでたちにその人柄がよく表れていた。

船着き場について運河の水を汲みデッキブラシで甲板を掃除する。三人それぞれに片付けの役割があり数分でそれを終えた。

「有り難うございました」とお礼を述べ、深々と頭を下げて家路についた。

お通夜

二五分ほどで自宅へ到着し、女房にその釣果を見せた。

その数と大きさに驚いてみせたが同時にそれは彼女の杞憂へと変わっていった。

とても食べきれないし捌ききれないという。まな板に載らない魚もある。大漁に浮かれておかれた現実を見過ごしていたが、納得し、マスターに釣ってきた魚を下ろしてもらえないかお願いしてみることにした。頃合いの良いサイズは差し上げて、店で使ってもらえばよい。電話をかけたら快く了承してくれた。自宅にいるというので丸ごとクーラーに入れたまま持っていくことにした。

店と自宅が兼用の三の丸は、二階の奥が住居となっている。車なので数分で到着した。

二階から普段着で下りてきたマスターに早速クーラーの中身を見せた。

「おー凄い、いい型だ、尺より少し大きいこれくらいが一番美味い」

そう言ってクーラーの中に手を入れてひと通り目を通す。

その中の真鯛二枚をお店で使ってと取り出して渡した。

「こんなにいいの、有り難い」

そう話し、

「ちょうどそれくらいの予約（人数）も入っていたはずだ。一晩寝かせ熟成させて早速明日使わせてもらう」

と喜んでくれた。マスターは渡されたその鯛を冷蔵庫にしまい、早速持ち込んだ我が家の魚をまな板の上に載せた。

カウンター越しにそれを眺める私はすっかり饒舌になってしまい、思い出してはまな板に載せられた魚が釣れた時の状況を一匹ずつ説明していく。

マスターはいつも通り相槌をうちながら鮮やかな包丁捌きである。

そして持ち寄ったこの魚は全部自分が道川沖で釣り上げたものだと改めて伝え、その日皆であげた釣果を話して聞かせた。

「へー、それは大漁だったな」

驚くマスターに、

「今日は潮が良かった」

と付け加えた。

少しして、

「ほー、どれも新しい、ほれ、アッちゃんこのはらわたを見てみろ。卵を抱いているのもある」

その部分を見せるようにして嬉しそうに話しだす。

「我々料理人は、新鮮な魚と出会う事も楽しみの一つなんだ」

いつかそう話したマスターの言葉を思い出す。

嬉々として包丁を操るマスターの姿を見ていると自分の心も踊る。

ひと通りさばき終わるのにさほど時間はかからなかった。我が家の分を終えて、明日店に出すという先ほどの二枚を丁寧に下ろしはじめた。

結構な量の持ち帰りとなったので、フッコも半身だけいただいて、残りは店へ提供させてもらった。フッコは活動範囲が広く海や川を行き来する。特に成魚となった鱸《すずき》にまで成長するとそれに独特の臭いが加わる。獲れる場所によっては油臭かったりもするので口にしてみないと店で使えるか判断できない。もちろんこのフッコも同じではあるが沖合で釣ったこれはそのような事はないと確信していた。

それでも一応、まな板でそれを手掛けていた時に尋ねてみた。

「そのフッコどんなもん？　臭みある？」

するといつものように尻尾の先を削いで口へ運ぶマスターが、

「全然問題ない。臭いもないしこのクラスは洗いより、少し寝かせた後の刺身がうまい。食べて一番おいしい、丁度よいサイズだよ。ほれ、エラもこの通り全然汚れていない」

と外したエラを見せてくれた。

持ち帰りのそれらはすぐに刺身で食べられるように処理してもらい、一匹分の鯛のアラだけ別の袋に分けてもらって持ち帰ることにした。二つに割られた頭の目の部分にはまだ虹のようなアイシャドウが輝いている。

他のアラは店で処分してもらう事にした。

兜焼きやら潮汁など、マスターなら余すところなく料理として仕上げてくれるだろう。魚たちのお葬式にふさわしい最後を飾ってくれるはずだ。

明日の仕込みにかかり始めたマスターの邪魔になってはいけないと思い、お礼を言って店を出た。

その日の夜の食卓は、新鮮な魚料理と賑やかな会話で満たされた。しょっつる仕立ての鯛のアラ汁が食卓に華を添えた。しょっつるとは塩汁と書きハタハタなどの小魚で作られた秋田の魚醤である。椀の中には透明な鯛の脂が、大小のレンズのような玉模様となっていくつも浮いていた。それは、緑鮮やかなネギと真っ白な絹ごし豆腐の周りをゆらゆらと漂う。女房はそれに冷凍庫からとり出した柚子の刻みをひとつまみ放した。ちょっぴり三の丸の真似をする。透明なお椀にほんの少し柚子の香りが漂い、しょっつるの塩味をより上品に引き立たせてくれた。明日、三の丸でふるまわれる魚の葬式はどんなだろう、もう式次第は完成しただろうか、それとも厨房でまだ思案中だろうか。食べながらふとそんなことを想う。自分が釣り上げた魚でもありそれはそのまま客の喜ぶ顔を連想させた。

両親を含めた家族一同が一つのテーブルに集まり、口々に「美味しい、美味しい」、と繰り返しながら嬉しそうに食べてくれたのが印象的だった。仕事中心で家庭を顧みる事の無い私が、家族でこのような夕食を囲むことは年に何度もない。ほんの少しだが、みんなに恩返しができたようで、改めて細井さんとマスターに今日の一日を心から感謝した。

三の丸

もうすぐ切り離されるカレンダーを見ながら、あと数日で七月を迎える暦に時の流れを実感する。千秋公園のお膝元に構えたこの店は移ろう季節の中で、しっかりとした板前料理で客をもてなした。季節はその時々の食材が教えてくれた。

同じ季節を行ったり来たりしながら客は日々その味を求めて店へ集まった。

マスターが亡くなり三の丸を閉じてかれこれ五年近く経つ。癌だった。

主を亡くし看板を外したままの店は、湖面から突き出す真っ白く朽ち果てたナースログ（枯れ木）のようにして初夏の空を見上げながらまだそこにある。玄関先の坪には今でも冬になるとナンテンが実をつけ、春には山椒の芽が開く。それはもう初春の賑わいを彩ることもなければ、器の中に春を告げることもない。けれども毎年季節が移ろう度に、四季折々の草花が遠い昔を懐かしむようにして店先を飾っている。

三の丸には、包丁片手に顎を突き出し、上目遣いでニヤリと笑ってみせるマスターがいた。カウンターには愛想の良いマスターと少し風変わりな連中が集い、夜な夜な小さな学芸会を繰り広げた。

花火大会のようなその賑わいは、数人が集まる線香花火程度だったりグループで上げるロケット花火のようだったりと、まちまちではあったが、花見の時などは三尺玉規模の賑わいで店中があふれ、時にはそれが多方面にまで飛び火していったことさえあった。

その店は千秋公園から少し離れた住宅街に隠れるようにして佇み、四季の中でゆっくりと漂う賑やかで居心地の良い店だった。

２０１７年　了

あとがき「千秋城下町　三の丸」

「千秋城下町　三の丸」は病気から立ち直り、秋田での新生活の中で知り合った仲間たちの話だ。秋田市内に実在した割烹が舞台で平成二四年に閉店した。作品の中の出来事はフィクションと、事実に基づき脚色した話で構成されている。登場する人物は仮名であり、中には作り上げた人物もいる。お花見2の「純ちゃんと精力剤」に関しては、すでに鬼籍に入った私の親友の話をもとに進行していく。当時一世を風靡した海外Pfi社の精力剤Viagがそのモデル。それを手にした親友が、市内のソープ街で実地検証をした際の話をカウンター会のメンバーたちに置き換えてつくりあげた。「室田さんと小寺部長」では、食材の「蟹」と美味そうに食べる様子以外はフィクションであり、物語にあるような事例に結びついたことはない。むしろそのように思われないように気づかいながら酒を酌み交わす仲だった。「蟹」の光景を見た筆者が、当時の建設業界での日常を御二方に演じてもらおうと物語にした（その後の事件は事実に基づいた内容だが）。

集まるメンバーは皆、仕事（会社）とそこでの肩書を取り除いたうえで店を訪れ、地元の固有名詞が話題に上ると「この場ではそのような話は禁止」と長老のサブさん始め先輩の室田さんたちがそれを諌めた。カウンター会の鉄則でありマナーだった。

この作品ではこのような様々な出来事が織り込まれているが、登場する仮名のメンバーには、物語の進行上失礼な役回りを演じていただいた場面が多々ある。室田さん小寺部長のコンビを筆頭に、コーチや純ちゃん、伸さん、草葉の陰で見守ってくれるサブさん、中さんも含め、登場した全ての人達に改めて、作品の役柄としての協力をいただいたことを感謝申し上げたい。物語の進行上欠かすことのできないメンバーたちで、実在した「三の丸」における華であり主役の面々だった。

作品の中に酒肴として出される四季折々の食材や料理の感想は、あくまでも著者の主観であり、提供された料理も一部ではあるがその限りではない。

最後に、この作品はマスターご家族を始め今まで応援してくださった皆さんと「三の丸」に足繁く通われた皆さん、それに私を育ててくれた下浜と、そこで幼少の頃から一緒に過ごした諸先輩、特に親しくしていただいたバンマスH・Aさんに捧げます。

なす　あつし

1958年秋田市生まれ。妻と猫２匹。６年前に定年退職し現在自由業、今も「呑む・打つ（ゴルフ・たまに健康麻雀）・喰らう」を継続中。

呑む・鬱《うつ》・喰らう

2024年10月29日　初版第１刷発行

著　　者　なす　あつし
発 行 者　中 田 典 昭
発 行 所　東京図書出版
発行発売　株式会社 リフレ出版
〒112-0001　東京都文京区白山 5-4-1-2F
電話 (03)6772-7906　FAX 0120-41-8080
印　　刷　株式会社 ブレイン

ISBN978-4-86641-798-1 C0095
Printed in Japan 2024